Le destin
des souvenirs

**Du même auteur
chez le même éditeur**

Le Destin des souvenirs

Italo Svevo

Le destin des souvenirs

Nouvelles traduites de l'italien
par Soula Aghion

Préface de Mario Fusco

Rivages

Couverture : S. Steinberg, *Louse Point* (détail)

© 1968, Éditions Dall'Oglio
© 1985, Éditions Rivages
pour la traduction française
© 1990, Éditions Payot & Rivages
pour l'édition de poche
106, boulevard Saint-Germain – 75006 Paris

ISBN : 2-86930-301-7
ISSN : 1160-0977

Préface

L'histoire insolite d'Italo Svevo, romancier génial qui n'eut jamais la possibilité de se consacrer véritablement, pleinement, à l'écriture, et qui ne trouva jamais non plus d'éditeurs disposés à le publier, sinon à ses propres frais, comporte aussi d'autres aspects surprenants. On oublie souvent qu'à côté de ces trois chefs-d'œuvre que sont *Une vie*, *Senilità* ou *La Conscience de Zeno*, il a également écrit une assez grande quantité de nouvelles, de même qu'une quinzaine de pièces de théâtre ; mais, à de rares exceptions près, il s'agit là de textes qu'il n'eut pas la possibilité de faire paraître lui-même. Sa mort accidentelle en 1928 après deux ou trois années d'un succès que, marginal malgré lui, il avait attendu toute sa vie, ne lui laissa pas le loisir d'achever et de mettre définitivement au point cet autre volet de son activité d'écrivain.

Et c'est ainsi que, peu à peu, depuis sa mort, certains des textes que sa veuve avait retrouvés dans ses tiroirs sont sortis çà et là, d'une manière à la fois désordonnée et incohérente, dans la presse locale, dans des revues puis, finalement, en deux recueils publiés tardivement, après la Seconde Guerre mondiale. Ces deux volumes, à leur tour, ont été reproduits tels quels par la suite dans une édition dépourvue de toute valeur critique mais qui, protégée dans la mesure où l'œuvre n'était pas encore dans le domaine public, était la seule qui fût disponible. On peut maintenant espérer qu'un texte moins incertain sera bientôt disponible.

Certaines des nouvelles de Svevo ont déjà été traduites et publiées en France, dans *Le Bon Vieux et la Belle Enfant* (Le Seuil) et *Court voyage sentimental* (Gallimard). Curieusement, les autres étaient restées en souffrance, notamment celles qui sont rassemblées dans ce volume. Elles appartiennent à des périodes assez diverses de l'œuvre de Svevo, ce qui présente un autre motif d'intérêt.

On sait en effet qu'après l'échec de *Senilità*, en 1898, Svevo avait solennellement proclamé qu'il renonçait à écrire. On sait aussi qu'à l'instar de Zeno avec ses cigarettes, il ne tint pas cette résolution, et que, dans la mesure où ses lourdes responsabilités d'homme d'affaires lui en laissaient le temps, il continua à rechercher dans l'écriture la possibilité de s'exprimer qui lui était refusée par ailleurs. Plus tard, après l'achèvement de *La Conscience de Zeno*, publiée en 1923, Svevo avait poursuivi sur sa lancée, en écrivant une bonne part de ses nouvelles et de son théâtre, tout en préparant un quatrième roman dont nous n'avons que quelques ébauches, d'ailleurs superbes, mais que la mort l'empêcha de porter à leur terme.

Mais, précisément, Svevo n'est pas l'homme d'une seule forme, d'un seul mode d'expression ni d'un seul registre, et ces nouvelles sont extrêmement intéressantes, dans la mesure où elles nous permettent justement de le suivre dans des directions souvent assez différentes et donc de nuancer ainsi un portrait qui n'a été que trop stéréotypé pendant trop longtemps.

C'est le cas du savoureux petit apologue philosophique qui se dissimule dans l'histoire d'Argo, le chien qui parle, et qui, avec une ampleur infiniment supérieure, peut rappeler certaines des fables animalières dont on connaissait déjà un certain nombre d'exemples. Ou bien les chroniques vénitiennes («Marianno», «Cimutti», «A Serenella»), rédigées de toute évidence lors de ses séjours à Murano, autour de 1910, qui sont l'évocation attentive de ce petit monde qui l'entourait.

Moins surprenants à cet égard sont, en revanche, les récits mettant en scène des personnages vieillissants, commerçants enrichis et arrivés ou, au contraire, confrontés avec des difficultés financières imprévues, mais toujours un peu suspectes. C'est là un univers très proche de celui que Svevo a côtoyé, sa vie durant, et qu'il observait avec le même regard, malicieux et sans illusions, que nous lui connaissions déjà. Mais ce qui se joue en réalité derrière ces petites scènes de la vie d'une riche bourgeoisie provinciale, c'est, en réalité, la comédie de la vie et de la mort, et un questionnement qui se fait plus pressant avec le passage des années. Svevo, entendons-nous bien, avait certes déjà raconté des agonies, dès son premier roman; il avait aussi, dans *La Conscience de Zeno*, envisagé les suites de sa propre mort, et, par exemple, le remariage de sa femme; mais ici dans «La Mort», non content de continuer à réfléchir sur la mort, c'est sa propre agonie qu'il entreprend de raconter, et on voudrait presque dire qu'il la mime à l'avance, comme si soudain l'échéance lui en était apparue comme imminente. Sur un autre registre, c'est bien cette même angoisse qu'il confiait dans ses lettres à Benjamin Crémieux et à Marie-Anne Comnène, qu'il adjurait de venir lui rendre une dernière visite à Trieste avant une issue dont il sentait obscurément qu'elle serait très proche. Et quand, un peu partout, il parle de la maladie, c'est, en termes plus voilés, exactement pour la même raison.

Pourtant, si Svevo confie dans ces pages son angoisse, d'une manière plus découverte sans doute que précédemment, il ne fait que noircir des traits qui étaient déjà, en filigrane, présents dans tout ce qu'il avait écrit, et sans d'ailleurs se laisser aller à une littérature de l'angoisse qui lui est tout à fait étrangère, sous la forme où on la rencontre, par exemple, chez un Dino Buzzati. Cela pourtant ne l'empêche pas de rester ici tout aussi pessimiste qu'il s'était montré dans son premier livre : chez lui, l'influence de Schopenhauer demeure une composante déterminante d'une vision profondément désenchantée de la réalité.

Que ce pessimisme se soit alors assez fréquemment veiné de nostalgie, c'est un fait et il y a encore, en effet, dans ces nouvelles, une évocation du monde révolu de l'adolescence, par exemple, d'une manière qui n'avait sans doute jamais été si précise chez lui. « Le Destin des souvenirs », en ce sens, est peut-être ce que Svevo a écrit de plus transparent dans cette direction, qui est aussi celle d'une autobiographie « en clair », là où, au contraire, il s'était toujours attaché à transposer les données de sa propre vie, même quand, comme dans *Une vie* ou *Senilità*, il admettait lui-même que la trame du roman recoupait étroitement celle de son passé.

Ce voyage en Allemagne de deux frères, conduits par leurs parents qui ne se résignent pas à les quitter, la mauvaise foi d'un directeur chafouin, des sentiments voilés par des dizaines d'années d'éloignement et pourtant demeurés d'une fraîcheur absolue, tout cela sans doute contribue à faire de cette nouvelle inachevée l'un des textes de Svevo qui montre le mieux le visage de ce jeune Ettore Schmitz qu'il avait été jadis.

Et le sourire qui apparaît ici sur un visage déjà marqué par la vieillesse est, aussi, quelque chose de nouveau, différent à coup sûr de l'humour corrosif et parfois burlesque de Zeno, ou des plaisanteries un peu appliquées d'«Une farce réussie» : c'est, dans ce recueil, celui de l'homme que nous connaissons par ses lettres d'après la guerre, et qui, dans une ville enfin redevenue italienne, s'aperçoit qu'il a fini par devenir aux yeux de tous l'écrivain qu'il voulait être depuis son adolescence, en Allemagne, justement, dans ce collège dont il est ici question : c'est-à-dire que ses rêves se sont quand même partiellement réalisés, et qu'il le constate avec la satisfaction ironique d'un homme qui n'a pas pour autant oublié l'irrémédiable échéance, et qui n'en fait pas un drame.

Autant dire que ces textes, parfois incomplets et sans doute imparfaitement revus par Svevo, ne sont en rien des écrits mineurs : c'est toujours un grand écrivain qui nous parle et ce qu'il écrit, émanant de la même source, est marqué par ce timbre, impossible à confondre avec aucun autre, auquel ses livres précédents nous avaient peu à peu accoutumés.

Mario Fusco

Ces nouvelles sont des œuvres posthumes et leur date de composition reste incertaine sauf pour «Le Destin des souvenirs» qui semble avoir été écrit en 1925.

Le destin des souvenirs

Un pays éloigné de l'Italie et de Trieste. Roberto se remémorait davantage la phase qui l'y avait amené que le pays lui-même. Autant dire l'énorme voyage. Vérone ! Un omnibus d'hôtels avec de grandes vitres et deux miroirs décorés qui chantaient au gré des cahots du véhicule sur les cailloux. Il avait présent à la mémoire l'arrivée et le départ, mais rien du séjour, probablement une nuit de profond sommeil après la journée passée dans le train. Puis, il se souvenait du Brenner, et d'un Anglais qui, dans un fort mauvais italien, lui expliquait, à lui qui était un enfant, qu'on pourrait atteindre à pied le sommet de la montagne bien plus vite qu'avec le train qui le gravissait en faisant des tours énormes. Puis encore, ce fut Innsbruck et la neige, rien que la neige, sans le moindre profil de maison. La nuit passée à Innsbruck ne ressortait pas plus que celle de Vérone.

Une scène qui s'était passée certainement après Innsbruck, plusieurs heures après le départ, remonta à la mémoire du vieil homme : sa propre crise de larmes et de sanglots violents que le père et la mère cherchaient à réfréner, à apaiser. Une grande douleur, la découverte de sa propre infériorité. Le père, qui s'apprêtait à les laisser seuls dans un collège, voulait d'ores et déjà organiser la vie des deux enfants. Armando, qui avait treize ans, serait chargé de guider Roberto qui n'en avait que onze et demi. Il n'en avait pas été ainsi jusque-là, d'où la stupéfaction et la douleur de Roberto. Car Roberto était un enfant volontaire et violent et, en vérité, Armando s'était plutôt laissé mener par Roberto. Justement, on les mettait en pension pour mater le cadet qui, sitôt sorti du nid, s'était révélé trop fort pour sa faible mère (peut-être était-elle déjà malade ?) et pour son père pris toute la journée à son bureau. Le petit bonhomme n'avait guère tardé à trouver des fréquentations qui n'étaient pas pour lui. Son père et sa mère n'avaient aucune idée de ce qu'il pouvait bien faire durant les heures où il n'était ni à l'école ni à la maison. Ils savaient qu'il avait honte de porter des vêtements neufs et qu'il s'employait à les réduire en loques, qu'il fumait, et qu'il connaissait une foule de gros mots. Il les récoltait aussi dans les livres et, de *La Divine Comédie*, il savait tous les mots grossiers et rien que ceux-là.

La mère chercha à calmer cette grande douleur, et le père aussi. La grande et longue séparation planait sur eux et ils auraient aimé qu'elle fût douce.

Kufstein ! Un long arrêt, près des bagages posés sur le sol, à une gare* qui comportait plusieurs quais en plein air. Il fait froid bien que l'on soit au mois de juin. Dieu sait quelle heure il peut bien être. Inutile de vouloir la retrouver car le souvenir lointain ne connaît pas une telle précision. Était-ce l'aube, ou le crépuscule, ou peut-être midi d'une journée plongée

---

* Le mot « gare » ne figure pas dans le manuscrit. (*N.d.T.*)

dans la pénombre ? Comment le savoir ? La distance du temps pâlissait peut-être le soleil de cette journée.

C'est bizarre ! Cette halte sur ce quai, qu'aucun mot ne vint marquer, qu'aucun événement mémorable ne distingua, ne sombra pas dans l'oubli. Mais il se peut que Roberto ait senti là qu'il avait franchi les Alpes et qu'il se trouvait au-delà de la muraille qui limitait sa patrie. Il savait aussi dans quelle direction le voyage se poursuivrait, vers cette vaste et interminable plaine, coiffée de quelques collines dont la régularité évoquait un dessin naïf, là aussi le tout était peut-être simplifié par la mémoire imparfaite qui estompait les détails, la complexité de la montagne, les bois, les rues et les maisons. Le paysage existait encore sans doute, inchangé. Le vieil homme se promit d'aller revoir ce lieu dès la fin de sa convalescence. C'est étrange, mais ce désir, il le ressentait pour la première fois. Comme la mémoire travaille lorsqu'on se consacre à elle ! C'est une force active, et elle s'étiole lorsqu'on la laisse inerte.

Wurtzbourg ! Une ville propre, raffinée, peu populeuse. Des étudiants arborant la casquette bleue. La petite famille visita un immense palais qui contenait des tableaux de peintres italiens. Roberto se souvenait d'une salle dont l'écho reproduisait en l'amplifiant le son qui l'avait provoqué. Si l'on y déchirait un morceau de papier on obtenait le son d'une trompette.

Mais ce fut à Wurtzbourg qu'eut lieu aussi l'aventure qui mit toute la petite famille en émoi. Au moment de payer la note d'hôtel, le père tendit des billets de banque émis par la Banque triestine, alors habilitée en vertu d'un ancien droit à le faire. Effaré qu'on voulût lui refiler pareil argent en guise de paiement, l'hôtelier quitta ce qui semblait être un trône placé derrière une balustrade en bois et vint regarder de près ce client. Il se mit à hurler, littéralement hurler, et ainsi, le père de Roberto fut contraint de se rendre chez un banquier pour obtenir des devises courantes en échange de ses billets de banque, laissant entre-temps en gage sa famille et les bagages.

Roberto ne prit pas peur. Il ne se rappelait rien qui pût se rapprocher d'une frayeur. La vie s'était toujours écoulée dans un tel climat de sécurité qu'il ne pouvait se figurer qu'elle pût dépendre d'une question d'argent. La vie, pour lui, était un droit, et il ne percevait pas l'importance de la chose. Mais la mère qui ne comprenait pas l'allemand s'était alarmée. Elle avait relevé sa voilette pour sécher ses joues sillonnées de larmes. Il ne lui fallait pas grand-chose pour fondre en pleurs, agitée qu'elle était par le long voyage, par l'imminence de la séparation d'avec ses enfants, sans compter le souci que lui causait la santé du troisième de ses fils qu'une légère indisposition avait retenu à la maison. Ils n'avaient pas de ses nouvelles depuis leur départ de Trieste.

Le père revint, rasséréné, les poches bourrées de grosses pièces d'argent. Il était mécontent du taux de change et se défoula en italien auprès de sa femme pendant qu'il payait : « Quel pays de voleurs ! » Et encore : « Quelle ignorance ! Ils ne connaissent pas les bank-notes de la Banque triestine ! » C'étaient les premiers mots contre l'Allemagne que Roberto lui entendait dire. Il admirait tant ce pays qu'il y conduisait ses propres enfants en toute sérénité pour les y faire élever. Mais le monde change souvent d'aspect dès lors qu'on se sent touché dans ses propres intérêts.

Il y eut ensuite trois quarts d'heure de train. Ici le vieil homme n'eut aucun effort à faire pour se rappeler ce trajet qu'il avait refait tant de fois par la suite. Le train roulait sur un remblai aménagé à mi-côte d'une colline, à la gauche du Main. L'autre rive du fleuve était flanquée de collines semblables, comme si elles se reflétaient dans un miroir. Toutefois, la cime de quelques-unes d'entre elles se perdait dans la tache d'un brun intense d'une forêt. Roberto apprit plus tard que ce qui lui apparaissait comme étant des collines qui parfois s'avançaient jusqu'au fleuve, d'autres fois s'en éloignaient à des milles de distance, n'était rien d'autre que les contreforts capricieux d'un même haut plateau. Tard, très tard, il comprit que le fleuve avait sapé le sol et s'était constitué sa vallée, œuvre d'une patience séculaire. Et, flottant toujours dans ses souvenirs, le vieil homme eut un sourire vis-à-vis de lui-même : tout homme est aveugle pour une partie du monde. Roberto avait quitté depuis de longues années le village où il avait séjourné plus de six ans avant de percevoir comment était constituée cette vallée où il était né au sentiment et à la raison. L'observation minutieuse n'avait jamais été son fort. C'est probablement de la même manière qu'il avait compris les hommes à qui il avait eu affaire. Si l'on veut comprendre un individu, il est si important de le situer dans son contexte d'origine, et dans cette vallée du Main, Roberto se serait mû avec les yeux mieux ouverts s'il n'avait pas toujours séparé une colline de l'autre et avait su les englober dans une seule et même éminence. Certes, elles s'étaient nettement caractérisées car, quelquefois, le gamin avait dû descendre dans la vallée pour passer de l'une à l'autre, n'ayant pas encore constaté qu'en faisant un tour plus long il pourrait atteindre le sommet suivant en restant toujours à la même altitude. Et cette cécité se poursuivait au regard de l'origine des choses. Si l'enfant avait su que c'était le fleuve, maigre et insignifiant par rapport à la vallée parfois fort étendue dans laquelle il serpentait, qui avait aplani et poli cette vallée, l'aspect de toute la région s'en serait trouvé modifié. Là où la vallée s'ouvrait, se nichaient des villages et des petites villes, et il avait semblé à l'œil naïf de l'enfant que c'était l'industrieuse population qui avait creusé dans la colline, afin que chacun pose sa propre maison à ses pieds.

Ils quittèrent le train à une petite gare toute verte de plantes grimpantes. M. Beer, le directeur du collège, les attendait à la gare. Le père de Roberto le salua avec force cérémonies. M. Beer s'était rendu à Trieste pour faire la connaissance de la famille qui lui procurait deux écoliers. Au père de Roberto, il avait fait l'impression d'être un homme d'une haute intelligence et d'un grand savoir. Signor Dente était rapide à porter des jugements sur les gens et les choses mais très lent à changer d'avis. Une fois qu'il avait exprimé son opinion, il se murait dedans avec l'obstination de quelqu'un qui s'est construit sa maison tout seul. Les choses pouvaient changer, l'individu qu'il aimait pouvait devenir suspect, et lui s'acharnait à trouver tous les arguments pour le défendre et l'expliquer. Lorsqu'en fin de compte lui-même était atteint par les coups que le traître lui assénait, il s'en prenait, mais alors seulement, à l'iniquité de la nature humaine. Histoire de pouvoir dire que la personne qu'il avait investie de son affection était toutefois meilleure que les autres.

M. Beer, un homme qui pouvait avoir une quarantaine d'années, était toujours vêtu d'une longue houppelande noire. Une barbiche blondasse qui partait du menton délimitait son visage quelque peu ligneux, au nez fin, aux joues imberbes et sans grande fraîcheur, un visage régulier et pauvre qui semblait avoir été taillé avec des outils de menuisier. Il avait une abondante chevelure frisée, plus foncée que la barbiche et la moustache.

On descendit ensuite le long d'une rue qui dévalait à pic et menait à la petite ville située au-dessous, une de ces petites villes qui naguère connurent peut-être un essor, marqué par la subsistance de quelques petits palais de style baroque, avec leur étage noble haut de plafond, garni de vastes fenêtres ornées de marqueterie, leur étage inférieur et un troisième aux petites lucarnes carrées munies d'une seule vitre.

Le vieil homme se souvenait de tout cela pour l'avoir revu tant de fois par la suite. De cette arrivée, de toute cette heure écoulée, il ne se rappela ni M. Beer, ni tous ses compagnons de voyage, et rien de leur comportement, de leur mise ou de leurs propos. Le chemin escarpé, la petite ville, le fleuve n'appartenaient pas à cette heure-là. Il ne se souvenait avec une entière certitude que du porteur du collège, un gros garçon un peu boiteux qui devait quitter l'endroit quelques jours plus tard sans qu'il l'eût jamais revu. Bienheureuse l'heure que l'on peut identifier par un détail, fût-il insignifiant. Le boiteux qui transportait un amoncellement de bagages le long du raidillon laissait entendre son souffle haletant. Peut-être fut-ce ce bruit sonore qui permit de le remarquer et de l'évoquer par la suite.

Au fleuve ils s'embarquèrent sur un grand bac, long et haut, poussé et guidé par une longue perche pointée sur le fond peu profond de l'eau, et ils abordèrent dans une énorme presqu'île de sable qui avançait d'un demi-kilomètre peut-être dans le fleuve. Ils débarquèrent sur des planches posées sur la grève qui les conduisirent à un débarcadère de pierre construit sur le sable, et arrivèrent ainsi devant le village.

    Dix ou douze ans plut tôt, le vieil homme était retourné en ce lieu, en compagnie de sa femme et de sa fille, afin de raviver ses souvenirs. Il y avait trouvé de si grands changements que l'effort de remémoration était difficile à présent. Pour commencer le village tout entier lui était apparu plus petit, plus misérable, plus malpropre. Le collège avait disparu et le fumier avait envahi les lieux. Mais en outre, le paysage lui-même s'était modifié. Car les collines à la droite du fleuve avaient perdu leur couronne d'arbres visible du bas, et puis le fleuve qui sinuait entre de grands bassins – sa seule réserve pour atténuer l'effet des crues et ralentir l'abaissement des eaux – était maintenant plus profond, et les bassins asséchés avaient été transformés en terres arables. Même le grand bac qui faisait la navette avait disparu, remplacé par un pont de pierre que l'on franchissait moyennant un modeste péage, un grand pont qui enjambait l'eau avec majesté car il partait du point le plus élevé de la petite ville et rejoignait justement le village au-dessus du banc de sable et même au-dessus des champs situés plus haut où l'on cultivait la betterave. Maintenant on voyait glisser sur le fleuve de petits bateaux maniables à la place de ces péniches étroites, chargées de sable, ou de ces radeaux de bois flottant, d'un kilomètre de long, qui, guidés par deux ou trois hommes, venaient de la Forêt-Noire et arrivaient jusqu'en Belgique.

    Il fallut ensuite tourner à droite pour entrer dans le village, une sorte de sentier serpentant entre des maisons pauvres, certaines en retrait du chemin qui s'élargissait alors en petits terrains non pavés et recouverts d'herbe là où les roues des véhicules n'avaient pas creusé d'ornières. Certaines de ces bâtisses tournaient vers la rue leur façade rayée d'un escalier, avec un long balcon en bois patiné par le temps et les intempéries. Même alors, une forte odeur de fumier émanait du sentier.

C'est ainsi qu'ils débouchèrent dans la rue principale, en prenant par la petite église gothique qui se dressait au milieu d'un pré d'un vert limpide, embelli par quelques chênes et deux marronniers alors en fleur. Pas très longue mais assez large, la rue était bordée de maisons, même aux deux extrémités, de sorte qu'elle formait une espèce de place pavée de cailloux. Ces maisons étaient plus belles et plus avenantes que les autres ; certaines étaient enjolivées d'un soubassement et d'un pignon, d'autres montraient avec une certaine coquetterie leur auvent pentu.

M. Beer s'arrêta devant la dernière maison à gauche.

Mme Beer sortit de la maison pour aller à la rencontre des voyageurs. C'était une jolie femme élégante, grande, brune, aux grands yeux expressifs, avec un profil pur au nez aquilin.

Sur sa colline d'Opicina, le vieillard poussa un soupir. Était-ce bien de ce jour-là qu'il avait gardé le souvenir de cette femme sortant de chez elle, un sourire joyeux flottant sur ses lèvres, ses grands yeux noirs, impatients de souhaiter la bienvenue, la démarche svelte, toute sa belle silhouette équilibrée dans un élan qui évoquait un pas de danse ? Que ce fût ce jour-là ou un autre, elle avait été adorable en cet instant. Lorsque, à dix-huit ans, il l'avait quittée pour toujours, elle était encore belle, malgré un léger embonpoint. Pourtant, il ne l'avait jamais considérée comme belle. Ses sens juvéniles, excitables, avaient cherché dans une tout autre direction. Pourquoi ? Le vieil homme tentait en vain d'en trouver la raison et conclut : les hommes ne savent pas tout voir, ils tiennent leurs yeux clos sur certaines choses, c'était le futur qui l'informerait plus exactement. Bien sûr ! C'était le destin des souvenirs ! Il devait apprendre que le travail de la mémoire peut se mouvoir dans le temps comme les événements eux-mêmes. Cela constituait une expérience importante, encore qu'elle ne fût pas la plus importante, de cette délicieuse activité de l'esprit à laquelle il se livrait. Il revivait véritablement les choses et les êtres.

Son désir l'eût entraîné à rechercher des époques plus proches où il découvrirait la continuité, la lumière, l'air, la parole de chaque événement. Mais il s'y refusa ! Il lui fallait continuer à chercher dans cet océan les quelques îlots qui en émergeaient et les revoir avec le plus d'attention possible afin d'y retrouver quelque communication entre l'un et l'autre.

Et voilà un de ces îlots : inondé de lumière et de souffrance, marqué justement de façon à être vu en entier et dans son espace propre.

M. Beer fit preuve ce jour-là de son habileté politique. Après le déjeuner, le père et la mère se séparèrent des deux enfants, la mère pleurant à chaudes larmes, de sorte que le père se montrait plus soucieux de lui insuffler du courage que de prendre congé de ses fils. Les deux enfants manifestèrent à leur tour une grande émotion et M. Beer s'en mêla alors, s'entretenant un bref instant avec le père. Celui-ci acquiesça énergiquement à ce qui semblait être une suggestion opportune et expliqua aussitôt aux enfants que s'ils se dépêchaient, ils pourraient encore atteindre l'endroit d'où ils auraient la possibilité de revoir leurs parents une fois encore.

Et c'est ainsi que, se tenant par la main, les deux enfants suivirent M. Beer dans son éternelle houppelande. Ils quittaient leurs parents mais s'apprêtaient à les revoir sous peu.

De temps à autre, M. Beer leur disait quelque chose qu'ils ne comprenaient pas et, pleins de confiance, ils continuaient à le suivre. Ils étaient engagés dans un chemin d'où ils voyaient non pas le fleuve qui était loin, mais l'exubérance touffue des plantes et des roseaux de ses rives. Bien vite M. Beer parut plongé dans un abîme de pensées et, d'un pas lent, précédait d'une courte distance les enfants qui marchaient sur ses pas, la main dans la main. Comment était donc faite cette voie de chemin de fer qui permettait qu'on rejoignît à cette allure un train qui venait de partir ? L'impatience aiguillonnait les garçons et incita Armando à marcher sur les talons de M. Beer, freinant son allure pour ne pas le heurter. Roberto l'imita. Et il advint quelque chose qui surprit les gamins. Le rythme d'Armando s'imposa à M. Beer qui pressa le pas sans s'en apercevoir. Le rêveur s'avançait sans se retourner.

Armando se mit à rire, mais pas Roberto qui attendait avec anxiété de revoir ses parents. Dans son âme d'enfant flottait l'espoir de pouvoir se raccrocher à sa mère et cette fois pour de bon. Pourquoi la menace de la séparation devait-elle se réaliser ?

M. Beer se rapprocha des enfants et leur fit prendre un sentier qui s'éloignait du fleuve et menait vers la colline. Au pied de la colline, grimpant légèrement, le sentier tournait vers le village. M. Beer maintint son allure et sa méditation à côté des enfants, leur donnant du courage à tout moment en articulant des mots qui devaient être en français et qu'ils ne comprenaient pas.

De ce côté-là le village se prolongeait dans les champs par quelques maisons plus hautes et plus vastes, dépourvues de tout ornement, maçonnerie pour le soubassement, planches de bois pour le corps du bâtiment, avec un toit en pente raide couvert de tuiles neuves.

Et c'est ainsi qu'ils aboutirent à la ferme d'où ils étaient partis. Roberto avait le cœur qui battait. Plein de tristesse, Armando eut les larmes aux yeux mais il semblait être sur la voie de la résignation et il s'arrêta devant la porte. Roberto, au contraire, qui avait saisi sur-le-champ comment Armando interprétait la façon dont on les avait bernés, bondit dans l'escalier avant qu'on pût le retenir. Où alla-t-il ? Dans la salle à manger où peu auparavant ils avaient pris congé des parents ? Dans la chambre à coucher où les parents avaient dormi ?

La mort

I

Il étaient rentrés à huit heures du soir après avoir accompagné à la gare leurs deux enfants qui partaient pour Rome. Leur fils, déjà installé là-bas, était venu chercher sa sœur, invitée par la belle-sœur à passer les mois de printemps dans la capitale. Ce furent des jours très gais en compagnie des deux jeunes gens qui se faisaient une fête de ce voyage en perspective. À présent, les époux se sentaient un peu perdus, si seuls sans ces enfants qui unissent et séparent les parents.

Roberto sentit que sa femme avait besoin d'être réconfortée. Tous deux venaient de finir de dîner et Roberto s'était machinalement installé dans son fauteuil où d'ordinaire il passait une demi-heure à lire son journal. Puis, s'avisant que sa femme restait assise, ne se décidant pas à s'affairer, soudain si désœuvrée après la journée intense d'activité autour des bagages de sa fille et de la présence des deux jeunes gens, il laissa le journal glisser sur ses genoux et posa son regard sur elle. Voilà qu'à présent sa compagne ressentait le besoin de sa compagnie pour la première fois après tellement de temps. Il se surprit à la trouver vieillie. Ses cheveux blonds de jadis étaient blancs maintenant, même s'il était le seul à s'obstiner à y voir leur lumière d'antan. C'était la partie de la tête la mieux éclairée par la suspension qui était plutôt tournée vers lui. Lorsqu'il s'adressa à elle, un faible et doux sourire flottait sur son visage. « Très vieille », se dit-il avec un serrement de cœur, lui qui était tellement plus âgé. Son visage au teint clair et rose s'harmonisait autrefois avec les cheveux dorés, et même maintenant, avec ses cheveux blancs, le contraste n'était pas frappant car ils s'accordaient avec sa figure claire labourée par le temps, les traits moins purs, la pâleur veinée de bleu qui épargnait encore ses joues.

Dans son effort pour la distraire il se fit très bavard et ce fut sans intention particulière qu'il finit par remuer le passé depuis l'époque où il était parvenu, non sans peine, à faire sa conquête. C'était la nécessité de trouver un sujet qui le fit s'engager dans cette voie. Elle l'écoutait, immédiatement intéressée. Non que ce fût la première fois, ils en avaient déjà maintes fois parlé, mais le passé présente toujours un aspect nouveau : à mesure que la vie se poursuit, il se modifie car des pans de mémoire qui semblaient ensevelis dans l'oubli réaffleurent, tandis que d'autres, désormais peu importants, s'estompent. Le présent dirige le passé comme un chef d'orchestre ses musiciens. Il lui faut tels sons et pas d'autres. C'est pourquoi le passé apparaît tantôt si long, tantôt si bref. Il résonne ou bien il réduit tout au silence. Dans le présent, seul se répercute ce pan de la mémoire que l'on évoque pour l'éclairer ou pour l'occulter. D'ailleurs on se remémore avec intensité le souvenir plaisant et le regret plutôt que le nouvel événement.

Elle était tout oreilles, surprise. À présent il parlait de religion, de leur religion, qui avait retardé et même menacé d'entraver leur union. Il lui rappela la promesse qu'il lui avait faite de respecter et de préserver sa foi. Faisant preuve de peu d'égards – on eût dit que sa promesse revêtait moins d'importance maintenant que tous deux étaient vieux et que leurs enfants s'étaient envolés du nid familial pour la première fois en toute indépendance – il disserta sur la religion. «La religion constitue une parure de la femme désirée. Le temple de Vesta n'attisait-il pas le désir, t'en souviens-tu?»

Certes, elle se sentait tirée de sa solitude. Si tel avait été le but de cette longue tirade, il était entièrement atteint. Elle parla à son tour, le sourire aux lèvres : à vingt ans elle l'avait accueilli avec un grand espoir, celui de le convertir. Elle rit de sa propre naïveté. C'était donc vrai que tout ce qui était appelé à les séparer les avait unis. Lui courait après elle pour détruire la loi de Vesta et elle l'avait accepté, lui, pour accomplir l'acte de prosélytisme auquel on l'avait préparée. Mais ils avaient parcouru ensemble sans difficulté le long chemin; voilà qu'à présent leur fils se voulait athée et leur fille était animée de sentiments religieux. Ils se respectaient et voyageaient ensemble. Roberto chercha ensuite et trouva le mot pour enjoliver son propos, mais ce mot se révéla moins doux à l'oreille de Teresa : «La mythologie restera peut-être éternellement le lot de la femme.»

S'apercevant qu'il l'avait heurtée, il chercha aussitôt le baume : «Il y avait la mort en ce monde et seuls les êtres forts étaient à même de l'affronter. Pour les femmes, la lutte était sans espoir, n'eût été le secours de la religion.»

«C'est vrai», admit-elle, convaincue de sa propre faiblesse. Puis, sous le coup de l'émotion elle avoua pour la première fois comment il lui avait été possible de vivre sans effroi aux côtés d'un athée : «Je priais toujours pour toi aussi, surtout pour toi. Et maintenant il me faudra prier encore davantage, pour toi, et pour notre fils qui refuse de prier.»

Il répondit par une boutade : «C'est pourquoi le lundi j'ai presque toujours mal à la tête ! Le dimanche tu rappelles mon existence à Dieu et lui se souvient de m'envoyer la punition que je mérite.»

Elle ne protesta pas mais tourna le commutateur d'un cran pour avoir plus de lumière.

Il voulut lui prouver qu'à son tour, à sa façon, il avait pensé à elle : c'était pour elle qu'il se préparait constamment à la mort. On pouvait présumer qu'il la précéderait : il devait lui servir d'exemple. On ne pouvait pas toujours compter sur la religion pour donner du courage. Il évoqua le grand poète espagnol, l'homme le plus religieux qui eut jamais manié la plume et qui, pour mourir, avait pleuré et prié pendant huit jours entiers et transformé toutes les chambres de sa demeure en autant de chapelles. Non pas pour mourir en paix mais pour tenter de modifier le destin et de continuer à vivre. Comme quoi, même l'homme religieux ne peut se passer de l'exemple du courage et de la résignation. Lui-même s'était voué journellement à l'épreuve du moment fatal.

Et lorsqu'elle s'étonna d'apprendre que tout en jouissant d'une santé parfaite il avait pensé à la mort, il s'écria : «Mais c'est précisément le moment pour penser à la mort.» Car la pensée de la mort doit être la préoccupation de l'homme sain, c'est une pensée qui se doit d'être vive et forte, elle ne saurait être le fait de l'homme malade. Et il s'ouvrit à elle davantage. Il fallait qu'ils parlent de choses importantes et dans son souci de la distraire, Roberto mit son âme à nu, et en particulier ce repli qu'il avait si longtemps tenu secret tout en vivant auprès d'elle : « Il est étrange, n'est-ce pas, que je t'aie toujours paru si gai et que sous cette gaieté se trouvât pourtant toujours la pensée de la mort. Peut-être même que je tirais mon sourire de cette pensée. Je veux dire que si je parvenais à sourire à la pensée de la mort, il m'était aisé ensuite de sourire de tout. » Il était impossible de vivre sans penser à la fin. La nature de l'homme l'exigeait. La pensée de la mort était ce qu'aux autres fournissait la religion. Chez lui elle n'avait pas évolué dans ce sens. Elle était demeurée une religion acceptée et préservée comme correspondant parfaitement à chaque nécessité. On n'avait pas besoin du ciel pour devenir bon et miséricordieux. La pensée de la mort adoucissait tout. L'ardeur de la lutte pour la vie se trouvait tempérée par la décision de se préparer à la mort. Même la défaite, vue sous ce jour, devenait insignifiante. « Mais ce n'est pas cela que je voulais. Je voulais justement me préparer à la mort. Pour toi, pour moi, pour tous. Rien ne m'a jamais paru aussi pitoyable ou ridicule que les mouvements désordonnés de l'animal lorsque le boucher plante son couteau dans sa gorge. »

Elle eut un frisson : « Lorsque ce moment arrive, c'est vraiment un moment sans importance. Un avenir prochain plus capital nous attend. Comment pourrait-on attacher de l'importance à la brève douleur dont nous sommes accablés ? »

Il acquiesça avec courtoisie : « C'est vrai. C'est autre chose qui se passe après, et cela dure longtemps. »

Ils changèrent de sujet, reparlèrent des enfants qui étaient loin à présent. Mais, parce qu'ils s'étaient penchés sur le problème de la mort, tout leur paraissait plus proche. Et, lorsqu'ils allèrent se coucher, il lui donna un baiser sur le front et la serra contre lui, comme s'il tentait par ce geste d'imiter l'amour qui les avait incités, si longtemps auparavant, à se lier pour la vie. Quelque chose d'une grande douceur. Tellement plus doux que lorsque l'instinct avait inventé ce geste.

Puis, avant de s'endormir, il se dit : « La mort ne me menace pas. Je suis fort. Comment supportera-t-elle ma mort ? Comment ressentira-t-elle ensuite la menace qui pèse sur elle ? Saura-t-elle imiter ma résignation ? Mais comment pourra-t-elle se rendre compte que dans la loi générale il ne peut y avoir ni douleur ni effroi ? »

II

Le temps ne s'écoulait guère plus vite qu'à l'ordinaire. On se trouvait au cours du même printemps qui s'était fait un peu plus chaud. Les mots qui résonnaient de douleur et qui avaient servi à agrémenter leur dernier soir d'amour tintaient encore aux oreilles de Teresa lorsqu'elle vit son mari cloué au lit par la maladie. Une maladie arrivée de manière fulgurante avec un long frisson. Pour se conformer à ses propos, Roberto avait tenté de changer le frisson en un éclat de rire : « On dirait un chatouillement », avait-il dit. Cet effort de sa part ne fit que rendre plus tragique la gravité de la menace.

Appelé aussitôt, le docteur Paoli parut tout d'abord tranquille, avertissant toutefois avec une ironie amère quant à son propre savoir et pouvoir, qu'il en saurait plus long lorsque la maladie prendrait le temps d'en dire davantage.

Roberto supporta facilement les tourments de la fièvre. Une seule fois, au bout d'un long silence, il dit à la personne se trouvant à son chevet, et qui était Giovanna, leur vieille femme de chambre : « Toi vraiment, tu aurais encore besoin de moi. » Teresa ne parut pas s'alarmer lorsque Giovanna lui rapporta ces mots. Il lui sembla que s'ils étaient parvenus à la femme de chambre alors qu'ils lui étaient destinés, c'était en raison de la forte fièvre qui troublait son cerveau. Personne n'avait encore songé à la mort. Sans cette fièvre, Teresa aurait été portée à penser que tout ce qu'il disait était irréfléchi, manquait de vigueur. Si l'effroi précédait le danger, alors son effroi était même plus vrai que le sien propre qu'elle savait grand et auquel elle se préparait parfois avec une douce résignation.

Puis la fièvre baissa et il ne pensa plus à la mort. Il croyait plus fermement au thermomètre qu'à sa torture, sa respiration haletante et sa douleur.

Ce soir-là ce fut Teresa qui commença à trembler. Il était minuit et les deux domestiques étaient déjà couchées. C'est elle qui dut escorter le médecin à la porte. Là, le médecin, un homme sur les quarante ans, grave, un peu lourd, s'arrêta. Il était perplexe. En présence du malade il s'était exprimé d'une certaine manière, et il s'était même réjoui de la baisse de sa température. Maintenant, devant l'épouse, il lui fallait tenir un autre langage. Il devait l'aviser qu'il avait su mentir, néanmoins, il lui fallait mentir encore. Son corps pesant s'était fait plus lourd par son hésitation à choisir le mot susceptible de révéler une partie de la vérité sans la dévoiler entièrement. En médecine, on pouvait envisager toutes sortes d'éventualités et il se méfiait de celles qui se présentaient à lui en ce moment. Allait-on se trouver devant une de ces formes qui, parce que plus légères, se prolongent avec obstination jusqu'à la mort, ou bien avait-on affaire à l'une de ces guérisons imparfaites qui font du malade un condamné à terme, ou encore pouvait-on espérer en une crise salvatrice, ou bien en une évolution plus lente qui mènerait cependant à une guérison complète ? Le mystérieux cœur humain ne révélait qu'au dernier moment toutes ses possibilités. L'organe qui, en apparence, ne connaissait pas le repos, était susceptible de se rétablir de la plus forte crise. Le médecin s'apprêta alors à partir, embarrassé tant par le mystère des choses que par les paroles qui, adressées à cette pauvre femme, n'étaient pas à même de clarifier la pensée d'une personne à qui on en disait suffisamment long, qui savait donc, mais qui savait surtout qu'elle n'en savait pas assez. Il tâcha de s'esquiver après lui avoir fait certaines recommandations. Mais la dame voulait en avoir le cœur net : « Dois-je télégraphier aux enfants de venir ? » Et elle fixa avec anxiété ces lèvres dont elle voulait arracher le verdict.

Le médecin se tourna lentement sur lui-même pour mieux dévisager la dame, ou peut-être pour gagner du temps avant de répondre. Les possibilités étaient si nombreuses ; à laquelle devait-il s'accrocher ? Il entrevit son salut : le plus grand danger se présentait justement par une maladie qui risquait d'être très longue. Pourquoi télégraphier ? C'était la manière la plus odieuse de communiquer une mauvaise nouvelle. Mais il ne désira pas non plus tranquilliser la dame outre mesure. « Il faut écrire, en attendant on pouvait écrire, les préparer à recevoir des nouvelles plus alarmantes, ou bien... présenter les choses de façon qu'ils puissent s'attendre dans les jours qui suivent à une grande joie. » Il se sentit rassuré à son tour, comme si les possibilités favorables s'étaient accrues. Il put même penser plus clairement aux nécessités de l'heure. « Demain, dit-il, nous songerons à engager une infirmière. Vous ne pouvez continuer à vivre ainsi si la chose devait traîner en longueur. » Elle le laissa partir, inerte, incapable de détacher sa pensée de l'analyse de la situation faite par le médecin. Sa dernière phrase : « Je téléphonerai demain matin avant d'aller à l'hôpital », frappa son oreille comme une confirmation de la gravité de l'heure.

Avec une extrême lenteur elle éteignit la lumière électrique à la porte, l'alluma dans le couloir pour le traverser en sécurité, avança, toujours hésitante et, après avoir saisi la poignée de la porte qui, en s'ouvrant, lui ferait voir son mari pour la première fois depuis qu'elle le savait gravement atteint, elle la lâcha pour revenir au commutateur le plus proche et replongea le couloir dans l'obscurité. Cette obscurité n'était pas totale. Une faible lueur provenant de la chambre du malade l'atténuait. Elle demeura figée dans le noir et se mit à prier. Elle savait bien pourtant que de s'agenouiller pour solliciter une intervention miraculeuse correspondait à une mesquinerie sans pareille. Son mari avait préservé sa religion comme il l'avait pu. Mais il n'avait pas su le faire suffisamment bien. Toutefois, en ce moment, la science était à mille lieues d'elle et Teresa se retrouvait avec sa propre religion, ou du moins avec son attitude. Et lorsqu'elle fut au chevet du malade elle se sentit plus ferme. La prière lui avait donné la force d'assumer entièrement son devoir. Elle était même prête à feindre.

La vaste pièce était pauvrement éclairée par une

petite lampe posée sur la table de nuit qui séparait les deux grands lits. Le maigre éclairage était dirigé plutôt vers le lit du malade qui gisait sur le côté, les bras tendus avec raideur, les mains jointes le plus loin possible, comme s'il avait voulu épargner à une partie de son corps toute cette angoisse. Même la tête était jetée en arrière sur l'oreiller, presque perpendiculairement au dos.

En la voyant il parvint à relâcher son effort. Au cours de sa brève absence il avait fortement souffert et il lui sembla que le fait de s'adresser à elle pouvait marquer un temps d'arrêt à l'angoisse : «Que t'a dit le médecin ?», demanda-t-il, faisant finalement un mouvement non imposé par l'essoufflement ou la douleur mais qui lui permettait de mieux la voir. La chère silhouette de l'affection. Elle était personnifiée par cette affection qu'elle lui témoignait et par la sienne propre. Blanche et blonde dans la pénombre elle paraissait transparente. Oh oui ! un véritable soulagement.

«Rien de particulier», répondit Teresa, s'affairant aussitôt pour préparer son lit.

«Et pourtant il t'a retenue longtemps. Ou peut-être est-ce moi qui ai l'impression que les minutes sont des heures.» Il consulta sa montre.

«Non, non, mentit Teresa, j'avais oublié de sortir le café pour demain matin et j'ai dû aller à la cuisine.»

Le malade n'insista pas. Son souffle ne se faisait rapide qu'après chaque mouvement qui impliquait un effort.

«Couche-toi, dit-il à sa femme, je ferai tout mon possible pour te laisser tranquille. C'est le moment où je dois intensifier mon entraînement.»

Elle feignit de n'avoir pas entendu ; les sanglots lui

montaient à la gorge et elle n'aurait pu les réprimer si elle avait dû lui reprocher ses paroles. Prenant un air distrait, elle se borna à dire : «Je n'ai pas sommeil. Veux-tu que je te lise le journal?»

Lui non plus ne répéta pas ce qu'il venait de dire, se repentant de l'avoir formulé. C'était aussi une façon de la torturer que de lui rappeler le but qu'il visait. Il lui répondit avec douceur : «J'aimerais que tu ne tardes pas à aller te coucher et que tu dormes. Qui sait? Peut-être serai-je obligé de te réveiller et tout le sommeil que tu prendras d'avance ne peut que te faire du bien.» Il s'amusa même à revoir si tout ce dont il pouvait avoir besoin se trouvait à portée de la main sur la table de chevet. Le temps s'écoulait sans être uniquement chargé d'angoisse.

Roberto fut très courageux cette nuit-là. Au début Teresa garda les yeux ouverts sans effort et sursautait à chaque mouvement que faisait son mari. Mais il réussit à s'immobiliser. Lorsqu'il éprouvait le besoin de se mouvoir, il trouvait un soulagement dans le seul fait qu'il résistait. Il s'adressait résolument au mal qu'il personnifiait comme quelqu'un se trouvant auprès de lui, si immobile qu'on ne pouvait le considérer comme provoquant le mal, mais comme jouissant du mal qu'il faisait : «Regarde, regarde un peu comment moi qui souffre suis supérieur à toi qui te délectes de ma souffrance.» Ceci dura longtemps, jusqu'au moment où, très tard, le souffle régulier de son épouse l'avertit qu'elle s'était endormie.

Oui, elle s'était endormie. Tout d'abord, la crainte que les préoccupations du médecin fussent justes et l'espoir qu'elles fussent sans fondement l'avaient tenue éveillée. Que savaient les médecins? Ils connaissaient la maladie? Peut-être. Mais pas l'organisme, l'organisme de chaque individu. Elle se souvint de certaines choses que Roberto lui avait apprises. Les hommes avaient tous les mêmes organes et avec ces mêmes organes, chacun d'eux composait un organisme tout à fait original qui n'avait jamais existé auparavant. Pourquoi Roberto ne pouvait-il pas guérir par la voie propre à son organisme, celle de l'abaissement de la température, si son organisme était constitué de la sorte ? Voilà ce qu'était la science. Qui n'était pas faite pour elle. « Pas maintenant ! Pas maintenant ! » supplia-t-elle. Qu'il dût disparaître maintenant serait un crime, lui semblait-il. Elle s'imaginait ne pas demander grand-chose, rien qu'un sursis. On le lui aurait accordé, oh certainement ! Et elle trouva la paix qu'elle avait sollicitée pour lui.

Lorsque l'aube commença à poindre, la fenêtre devint visible. Roberto la regarda avec joie. Le temps ne s'était pas figé. Puis, inopinément, il trouva lui aussi un grand repos. Il ne vit plus la fenêtre, ni la chambre, et ne se sentit pas lui-même. Lorsqu'il y repensa par la suite, il n'eut pas l'impression d'avoir sombré dans le sommeil, car le sommeil était une tout autre chose. L'angoisse persistait mais il était dispensé de l'effort pour s'y soustraire. Quel grand repos que celui d'être dispensé de faire l'effort ! Il lui sembla qu'il assistait aux aventures les plus angoissantes de la vie, aventures ignobles dont il ne conserva aucun souvenir car elles n'affleurèrent même pas à la conscience du rêve. L'angoisse s'était muée en des visions de monstres ou de catastrophes, de monstres sur le point de foncer sur lui, ou de catastrophes qui se préparaient, quelque chose dont il ne se souvenait pas mais qui s'accordait au tableau de la vie telle qu'il la vivait en cet instant.

Lorsqu'il revint à lui il faisait plein jour. Il se sentait faible, inondé de sueur. Il y avait du remue-ménage dans sa chambre, ou du moins telle fut son impression. La domestique sortit et rentra à plusieurs reprises. Le médecin était assis sur son lit, une seringue à la main. Teresa était affairée avec quelque chose sur la table. Voyant qu'il ouvrait les yeux, le médecin lui fit un sourire de bienvenue : « Vous sentez-vous mieux ? » C'était un doux souhait formulé avec une grande bienveillance. Et le malade salua ce retour à la vie aux formes courtoises en souriant à son tour : « Si je me sens mieux ? Je me sens à merveille ! »

Le médecin le considéra d'un air sceptique. Il avait l'impression que la réponse ne montrait pas que le malade fût *compos sui*. Teresa posa sa tête sur l'oreiller de son époux : « Tu ne le sais pas, lui susurra-t-elle, c'était la crise, la crise bénéfique qui est survenue lorsqu'on ne l'espérait plus. Maintenant tout est fini. » Alors seulement elle donna libre cours à ses larmes.

Le malade respira profondément. Oui, il n'avait pas respiré aussi bien depuis de nombreux jours. L'oxygène qui arrive dans l'organisme en grande quantité lui procure un grand bienfait. Il se sentit libéré. Pas un seul instant il ne songea qu'à présent, en homme fort, il se devait de ne pas oublier qu'il se trouvait sur la voie de la convalescence rien que pour se préparer à la prochaine maladie. D'une certaine manière, les douleurs endurées jusque-là étaient dénuées de but. Entre toutes les éventualités, la convalescence se présentait comme la plus séduisante. Les monstres de la nuit s'étaient évanouis. À son chevet se tenait l'homme puissant qui l'avait sauvé grâce à son œil pénétrant et bienveillant, son oreille aiguë, sa seringue qui injectait directement dans le sang ce qu'il fallait pour lui redonner la vigueur, la vie, et de l'autre côté veillait Teresa, avec son affection vigilante, toujours égale, sûre.

Peu après, Teresa se retrouva à la porte avec le

médecin. En bon praticien, il laissait toute son attitude refléter l'amélioration du malade. Il paraissait moins embarrassé, plus tranquille. Appuyé contre le chambranle de la porte, il fixait à travers les grandes lentilles de ses lunettes les yeux de la dame qui, pour sa part, continuait d'attacher son regard sur ses lèvres. Il se montra content de lui-même : « Comme nous avons bien fait de ne pas rappeler vos enfants ! » Puis, avec une légère hésitation, il atténua la bonne nouvelle : « Ce n'est pas encore fini, mais presque. » Et, s'apercevant qu'il n'en fallait pas plus pour assombrir le visage de la dame, il trouva le moyen de lui redonner de la joie en lui rappelant dans quelle disposition d'esprit il l'avait quittée la veille : « Hier soir je n'aurais pas donné deux sous pour sa vie. Aujourd'hui c'est tout à fait différent. » Il réfléchit encore, puis se détacha du chambranle et se redressa avant de lui tendre la main pour la saluer : « Je resterais volontiers ici encore un moment », et l'espace d'un instant son corps pesant se fit plus lourd, il se tortilla comme si son gros ventre faisait partie d'un serpent sans pattes, « mais il faut que je me dépêche », et il partit.

Elle ne bougea pas, le suivant des yeux. Elle le vit clairement s'arrêter à un moment donné, le pied en l'air, hésitant à le poser sur la marche suivante. Puis, plus décidé, il descendit l'escalier et disparut. Voulait-il peut-être lui dire quelque chose ? Elle chassa cette idée mais l'image du médecin la poursuivit tandis qu'elle se dirigeait vers la chambre du malade. Elle revoyait le comportement du praticien au cours des dernières heures : il l'avait tantôt encouragée, tantôt effrayée ; et même maintenant, au moment où il paraissait animé d'espoir, voire presque complètement rassuré, il se réservait un petit espace libre pour balancer entre l'optimisme et la crainte.

Elle n'avait pas encore rendu grâce pour avoir eu sa prière exaucée et le fit le temps très bref de parcourir le couloir. Elle ne ralentit point son allure afin de consacrer plus de temps à la prière, se disant : « On prie parfaitement à ses côtés aussi. » Et Teresa eut un sourire malicieux. C'était une façon de le trahir.

Roberto gisait, épuisé malgré tout. Sa respiration était libre à présent. Le docteur lui avait crié à l'oreille : « Voici l'euphorie parfaite qui arrive. » La parole étrange s'était enfoncée dans son oreille et il la caressait, comme lui-même s'en sentait caressé. Il ressentait toute cette euphorie. La respiration constitue une des principales activités de notre organisme et c'est une grande performance que de la récupérer intégralement. Il pourrait dormir sans la compagnie des monstres et des catastrophes.

Lorsqu'il vit son épouse entrer dans la chambre, il lui sourit : « Cette fois, dit-il, il n'y a eu aucune bravoure de ma part. Dans l'ensemble la chose a été peu douloureuse. Quelque chose m'oppressait mais ce qu'il y avait de bien, c'était qu'il n'y avait pas moyen de protester. Le monde entier s'était mué en oppression et je ne pouvais m'en prendre qu'à moi-même si je m'y trouvais. Il ne restait rien d'autre à faire que de s'installer dans l'oppression. »

Elle ne sut que dire. Chaque mot qu'il prononçait l'émouvait. N'était cette hésitation qu'avait eue le médecin avant de la quitter, elle se serait sentie plus légère. Mais à cause de cela, elle le savait encore en danger. Et on eût dit que lui aussi le savait. C'est pourquoi ses propos étaient toutefois de...*

---

* Manuscrit inachevé. (*N.d.T.*)

III

Il paraissait dormir. Sa femme l'observa à plusieurs reprises puis, sans bouger, reprenait son livre. «Tu ne dors pas?», lui demanda-t-elle une fois en voyant que, les yeux grands ouverts, il examinait les ongles d'une main qu'il avait posée sur l'oreiller tout près du visage.

Il tourna vers elle sa face livide où perlait une légère sueur. «J'ignore ce que c'est mais je souffre beaucoup! Ça passera...» Il parut vouloir la tranquilliser. Puis il bondit du lit. «Excuse-moi», dit-il en bon malade bien formé par des années de préparation, «mais je ne puis rester au lit». Et elle n'oublia plus cette parole étrange, signe manifeste que la longue préparation avait laissé dans son esprit des traces indélébiles de malade poli, même en pareil instant. Or, il n'avait pas plus tôt approché sa tête de la fenêtre entrebâillée qu'elle vit son visage décomposé par une grimace de douleur qui s'imprimait, disparaissait, pour revenir aussitôt. On eût dit le reflet d'attaques de douleurs qui se succédaient sans relâche. Le visage des suppliciés à qui on applique un fer incandescent sur la chair vive ne devait pas être différent, pensa-t-elle.

Il s'affala dans le fauteuil qu'elle venait de quitter. Le mot si étrange dans un tel moment se fit entendre de nouveau: «Excuse-moi.» Il n'avait sur lui que sa chemise. La veille, il s'était senti oppressé par son pyjama et l'avait ôté. Ses jambes, jeunes pourtant, modérément musclées, plus colorées que son visage, tremblaient. Le pied droit se raidit, contorsionné, ne reposant que sur le gros orteil. Une rigidité provoquée par la douleur. La respiration ne semblait pas entravée mais s'accélérait par moments.

Teresa ne devina pas sur-le-champ. Un hasard, une douleur nerveuse, mais pas une menace. Elle lui demanda : « Veux-tu que j'appelle le médecin ? »

Alors il se mit à parler et ce fut quelque chose de pitoyable encore qu'elle ne le comprît que plus tard, le remémorant. Ce qu'il disait tandis que l'horrible douleur sévissait dans son corps, était dicté par son dessein héroïque. Parole morte auprès de la douleur vive, active, qu'il s'efforçait de ne pas écouter pendant qu'elle le ravageait. « Pourquoi veux-tu perdre ce dernier bref instant qui nous reste ? » Il y eut une pause due à une contorsion violente imposée par la souffrance et qui s'étendit du visage à tout son corps. Elle, entre-temps, rien que pour faire quelque chose de plus sensé que cette forte douleur et l'articulation de ces mots, lui couvrit les jambes d'une couverture et en chercha une autre pour la poitrine. « Tu as dû prendre froid, fit-elle dans un souffle, lorsque tu étais trempé de sueur. » « Le froid ou le chaud n'ont pas d'importance », répliqua-t-il. « Seule la mort a de l'importance, la mort qui est si proche. Et c'est le moment d'évoquer la vie, cette vie que je désire voir se poursuivre pour toi dans la douceur et la sérénité comme si je n'avais jamais existé. Comment dois-je faire ? » Il promena un regard vague autour de lui comme s'il cherchait à se souvenir, mais même cet effort fut interrompu par l'irrépressible grimace de douleur. « Je n'ai pas pensé à tout lorsque cette douleur n'existait pas, et j'ai eu tort. Mais je peux te dire encore que même tout ceci n'a pas d'importance, ce… qui tôt ou tard devait arriver. »

Quelle torture ! Teresa se précipita sur la sonnette.

« Pourquoi ? Pourquoi ? » dit-il encore. « Reste tranquille près de moi, regarde-moi et apprends. »

Il s'étala sur le dossier du fauteuil. La douleur

avait brusquement cessé. Cessé sans hésitation. Elle s'était retirée, évanouie. La mort n'était pas venue. Il parcourut la pièce des yeux, privé de douleur et d'héroïsme. Il claquait encore des dents mais la douleur avait vraiment disparu, comme avait disparu son halètement le matin même. Ses paroles héroïques revêtaient misérablement l'aspect d'une vantardise. Il put s'apercevoir immédiatement que Teresa ne pensait pas de la sorte car, pour elle, la douleur partie il restait la frayeur, rien d'autre qu'une grande frayeur. Elle l'aida à regagner son lit. Puis elle voulut avoir la femme de chambre auprès d'elle. Ensuite elle s'éloigna pour aller téléphoner et, vite résolue, sans consulter personne, elle télégraphia à ses enfants de rentrer.

IV

Lorsque, pleine d'effroi, elle entra dans la chambre du malade elle se sentit de prime abord tranquillisée.

L'entendant qui approchait, il se dressa sur ce lit où il ne trouvait pas la paix. Elle le vit à la lumière d'un rayon de soleil qui frôlait le lit et tressaillit. Sa physionomie avait changé. Les paupières gonflées menaçaient de retomber sur les yeux. Il était blême, une légère sueur baignait son visage. Et il ne parvenait pas à la voir, son regard la cherchait et se posait ailleurs, comme si l'organe de la vue s'était modifié en lui et ne se dirigeait plus vers l'objet qu'il désirait voir. En revanche, les mots coulèrent à flots de sa bouche. En abondance, bourrés d'erreurs dont il ne semblait pas s'apercevoir.

Tout d'abord elle l'empêcha de parler, se précipitant vers lui : « Tu souffres ? Le docteur sera ici dans un instant. »

« Ce n'est pas lui qu'il me faut, dit Roberto d'une voix claire, parce que je ne souffre pas, je ne souffre pas du tout. Je ne souffre que du souvenir de ma souffrance de tout à l'heure au cours de cette heure infernale. » Elle savait que cette heure infernale avait consisté en quelques minutes mais ne protesta pas. Elle tendit l'oreille, sachant qu'elle entendait les dernières paroles d'un moribond et, bien qu'interrompues, hachées, elles lui furent intelligibles. Il ne parla que de la douleur endurée. Pendant toute cette heure-là il avait pu résister et parler comme si sa vie se poursuivait normalement. Mais ce n'était plus la vie. C'était une fissure entre des parois engendrées par la douleur. Et la douleur représentait le triomphe de quelqu'un, de quelqu'un qui jouissait de ce qu'elle fût juste. Il parla d'un son de cloches triomphal qui l'accompagnait. Et il sentit que sa faute méritait tant de haine. Toute sa vie avait été une faute, une grande et longue faute dont il désirait se repentir à présent. Ses lèvres esquissèrent même une imitation naïve du son des cloches : ding dong ding dong... Il fallait écouter ce son. Et les menaces ! Elle les avait probablement entendues tandis que lui, pendant une heure entière, avait refusé de leur prêter l'oreille. Mais à présent qu'elles ne résonnaient plus, il aurait aimé les entendre à nouveau pour mieux écouter et mieux comprendre. Ses dernières paroles, voilées de larmes, furent : « Je ne savais pas. »

Puis il se laissa aller en arrière et éclata en pleurs. Il pleura violemment, d'une manière qui lui coupait le souffle, comme cela arrive à un enfant puni injustement, ou qui sait qu'on le punit avec raison. Ses larmes semblaient l'empêcher de parler. Un hoquet très violent les interrompit, rapidement accompagné d'un bruit étrange qui parut tout d'abord à Teresa être encore plus infantile que le hoquet. C'était le râle.

Peu après la mort de Roberto, Teresa s'approcha du lit. Voilà que, raidi, il paraissait fort et serein tel un soldat qui répond à l'appel. Et elle, pour qui la mort n'était la fin de rien, se dit, cherchant une consolation à tant de détresse : « Voilà que tu prends ta revanche. Comme tu es courageux ! »

V

Sa mort fut justement ce qu'il n'avait pas voulu : un moment d'effroi.

L'union tellement intime de deux personnes de tempérament si différent, pour autant qu'elle soit tempérée par le désir et par le respect, doit forcément s'imprégner de la physionomie de l'un des deux partenaires. L'union de Teresa et de Roberto portait les traits de Roberto. Teresa avait tranquillement continué à pratiquer sa religion, mais elle avait senti que leur contrat même devait lui imposer, de son côté aussi, la même réserve dont il se vantait comme d'une manifestation d'affection, et sa religion s'était privée de son plus grand héroïsme : le prosélytisme. Enfermée en son sein, cette religion s'était appauvrie, s'était étiolée. D'autre part, même celle de Roberto avait peut-être perdu toute noblesse en l'absence d'une manifestation claire et intelligente.

Longtemps, Teresa considéra avec perplexité l'horreur de cette mort. Il avait reconnu une faute. Quelle faute ? Son irréligion. Et elle pensa qu'à l'instant suprême il s'était converti. Tout ce que de Roberto demeura sur terre, c'est-à-dire dans le cœur de Teresa, se convertit. Se convertit silencieusement. Seule la fia...*

* Manuscrit inachevé. (*N.d.T.*)

Orazio Cima

I

J'avais à peu près vingt-cinq ans lorsque fit son apparition dans les cercles triestins un homme riche des Abruzzes du nom de Cima. J'ignorais ce qui l'avait incité à jeter son dévolu sur Trieste comme lieu de séjour. Il n'y était conduit ni par des liens de parenté ni par les affaires. Je lui posai la question : Trieste est une fort belle ville pour ceux qui y sont nés mais, si l'on disposait de la liberté du choix, il y avait mieux en ce monde. J'eusse aimé l'entendre me répondre que Trieste était la plus belle ville du monde mais il me dit à la place : on y parle l'italien et la loi autrichienne sur la chasse y est en vigueur. Il ne savait que l'italien et l'idée ne l'effleurait même pas d'aller s'installer parmi des gens qu'il ne pouvait comprendre. D'autre part, la législation autrichienne avait encore maintenu la possibilité de chasser. Trieste représentait donc pour lui le lieu le plus proche de son pays, où l'on autorisait la chasse et la pêche.

Il me parut être un homme intéressant. La répugnance que j'éprouvai à son égard me liait en quelque sorte à lui. Je n'avais encore jamais tué une seule bête et il me sembla que le fait de tuer dénotait un signe de santé ; l'impossibilité de tuer était manifestement un signe de faiblesse. J'en eus honte vis-à-vis de Cima et lui proposai de m'associer à lui. À mon tour je m'aguerrirais dans la lutte. La lutte contre une créature extrêmement faible est aussi une lutte si cette créature est rapide et joue d'astuce. Un être qui ne veut pas se laisser dévorer est un adversaire qui exige des efforts et de la force. Cela pouvait constituer mon traitement.

J'eus à trois reprises l'occasion de subir ce traitement avec Cima.

Le bruit s'était répandu qu'un ours avait été vu sur le mont Nanos à proximité de Trieste et Cima me proposa de me joindre à lui pour cette chasse à l'ours. À cette époque il avait déjà organisé sa vie dans sa nouvelle ville : il avait des amis et même une maîtresse. Celle-ci était une vraie « femme du peuple » triestine, un modèle de Triestine lorsqu'elle s'efforçait de ne pas paraître plus femme du peuple encore. Elle se vêtait avec une certaine grâce et portait un chapeau – une bonne imitation de quelque modèle parisien –, ce qui lui permettait de penser qu'elle appartenait désormais à la catégorie des *cappelline**, chose qu'elle avouait à l'occasion, révélant ainsi qu'elle s'était figuré jusque-là que la chevelure d'une femme suffisait pour la parer. Elle était assez jolie, d'un blond pâle, avec un teint clair et des chairs plantureuses. Qu'il devait être doux de se délasser entre ses bras blancs après une journée remplie d'efforts

---

* On appelait ainsi à Trieste, pendant la Première Guerre mondiale, les femmes qui portaient un chapeau. C'était une expression ironique et méprisante par laquelle les femmes du peuple désignaient les dames de la société. (*N.d.T.*)

et de tueries! Cela faisait penser aux sultans de Turquie qui ne concevaient pas autrement le repos après la bataille. Eux aussi étaient coutumiers de femmes d'une autre race. Cima, un beau garçon brun avec une barbiche à l'espagnole (selon la mode de l'époque), était vraiment d'une autre race qu'Antonia. Et si elle n'appartenait pas à une race soumise, elle était cependant une femme assujettie car elle s'était compromise et liée, et maintenant elle le regrettait et se rebellait constamment. Tous deux se disputaient sans arrêt, lui, gardant le sourire car il n'exigeait une soumission de sa part qu'à des moment déterminés, et elle, courageuse, car elle savait que toutes les rébellions, hormis une seule, lui étaient consenties. Il ne vivait pas avec elle et l'avait installée dans un élégant petit appartement.

J'adhérai à toute cette vie si animée et si complète avec admiration et envie. Je dois ajouter que je vivais ces deux êtres autant l'un que l'autre. Lui si actif et jeune comme je ne l'ai jamais été moi-même, et elle défendant avec tant de sauvagerie la douceur qui était mon destin et que je ne savais pas défendre car j'en avais honte comme d'une infériorité.

Elle attaquait son amant précisément sur son goût de la chasse et de la pêche, ses seules activités : «Assassin et figure d'assassin!» Il tuait tout le long du jour mais se gardait bien de manger le gibier. Il le refusait exactement de la même manière que le chien de chasse auquel il ressemblait. «Mais tu ne pouvais donc pas rester dans tes Abruzzes!»

Cima répondait en souriant : «Les Abruzzes sont moins giboyeuses!» Et, content d'avoir trouvé la bonne réponse, il attaquait à son tour : «Mais toi, tu l'aimes le gibier!»

«J'en achèterais bien, avouait Antonia, mais je ne

saurais le chasser. Pauvres bêtes ! Moi je les mange quand d'autres par malveillance les tuent. Qu'y faire ? »

J'intervenais alors dans leur dialogue pour tenter de mettre d'accord celui qui tuait la bête et celle qui la mangeait. Mon rôle était assez facile. Parmi les amis de son amant, Antonia marquait une prédilection à mon endroit car elle sentait que j'étais très différent de lui. De plus, Cima ne souffrait pas de jalousie. L'idée qu'un homme digne de confiance comme moi songerait à poursuivre sa femme de ses assiduités ne l'effleurait même pas. Il tuait force bêtes mais vivait dans le monde moral où il était né avec la même assurance qu'ont certains animaux qui vivent dans les marécages et d'autres dans la mer : il n'est pas question pour eux de choisir l'un ou l'autre. Il s'imaginait que si un homme qui se déclarait être son ami avait envie de tomber amoureux, il se mettrait en quête d'une autre femme que la sienne. Antonia me plaisait et je me délectais de la prédilection qu'elle me témoignait. D'ailleurs, du fait qu'elle était triestine, elle m'appartenait déjà un peu. Cima s'amusait de ses façons de parler, moi, je les aimais, et j'aurais volontiers couvert de baisers les mots qui s'échappaient de cette bouche rose.

Antonia ne trouvait rien à redire au fait que je tâte un peu de la chasse moi aussi. Elle était certaine que cela me déplairait dès ma première tentative. Elle-même avait participé à une chasse une fois, mais ce fut la dernière. En sa présence Argo, le chien de chasse de Cima, avait reçu une volée de plombs de chasse dans le dos pour n'être pas resté tranquille. Quelle horreur ! Et bien qu'un chirurgien se fût offert d'extirper ces plombs du dos de la bête, Cima avait refusé de le faire faire, soutenant que, pour qu'un chien se souvienne d'une leçon, il fallait qu'il la traîne éternellement avec lui.

Tout compte fait Antonia et moi nous entendions très bien, à la différence près qu'elle blâmait Cima et que moi, au contraire, j'étais enclin à vouloir l'aider. «Vous n'y parviendrez pas», disait Antonia tout en me caressant du regard. Elle m'aimait donc. J'espérais qu'elle se trompait, mais en attendant je m'étirais sous cette caresse tel un chat fébrile et voluptueux. Je désirais changer et cependant j'obtenais la récompense dans la mesure où j'avais un comportement si bizarre. Même lorsqu'on aspire à se modifier, on conserve un sourire affectueux vis-à-vis de ses propres défauts. Je frissonne à l'idée que le sort eût pu faire de moi un insecte aux métamorphoses multiples. Quelle nostalgie que celle du papillon de cette vie modeste, de cette vie de laisser-aller commode que connaît la chrysalide. Je me souviens d'un bossu qui avait si bien préparé son esprit à l'égard de la protubérance qu'il avait dans le dos qu'il se serait senti perdu si on avait pu l'en guérir. C'était le bossu le plus spirituel de Trieste... Mais il n'a vraiment rien à voir ici.

Bref, je me trouvais à merveille entre ces deux êtres. Orazio m'aimait parce que je m'évertuais à lui ressembler et Antonia parce qu'elle supputait que je n'y parviendrais jamais.

C'est curieux ce flair qu'ont les femmes. Tant d'amis d'Orazio circulaient dans cette maison au retour d'une partie de pêche ou de chasse, ou d'une soirée dansante, mais je suis persuadé que les autres n'éveillaient nullement la curiosité d'Antonia. Il est vrai que cela pouvait être attribué à mon aveuglement qui faisait que peut-être je ressemblais au pauvre Orazio, lequel, pour sa part, ne s'aperçut pas de la préférence qui m'était accordée.

Mais cette prédilection était partagée par tous deux et c'est peut-être pourquoi il n'en était pas frappé. Orazio me chinait volontiers parce que j'étais faible, doux, peu avisé, et Antonia l'imitait, avec de petites variations (oh! si douces!), elle posait ses mains blanches sur moi pour rectifier mon nœud de cravate et s'associait à lui pour me persifler mais pour mieux faire, elle approchait sa bouche aux petites dents qui n'avaient rien de parfait mais qui étaient toutes blanches comme si elles venaient tout juste de poindre de leurs alvéoles sur ses gencives d'un juste coloris (mon Dieu! Qu'est donc le juste coloris dans notre organisme?) et que seul le rire qui l'obligeait à ouvrir ses minces lèvres rouges découvrait. Quant à lui, il avait l'impression qu'il s'agissait de la même musique à laquelle lui-même avait donné le ton, et peut-être même semblait-il en être ainsi à cette nigaude d'Antonia. Toujours est-il qu'en présence d'Orazio nous parvenions souvent à nous toucher. J'aimais bien la saisir par le poignet pour retenir une main qui menaçait mon visage, ou même, je posais une main sur sa poitrine pour la tenir à distance, atteignant une chose moelleuse, résistante, une forme toujours surprenante, plus que ne l'étaient le visage, les jambes ou le dos qui certes servent à d'autres fins.

Mais j'étais de l'avis d'Orazio que les assiduités prodiguées à la femme d'autrui n'étaient pas de mise. Cela constituait la base, la base solide de notre amitié, et moi j'allais de l'avant, parfaitement inconscient de mon désir, sourd à mon désir, aveugle à ce désir comme l'était Orazio lui-même. On pouvait presque dire que nous étions deux à ne pas le comprendre. Pas trois. Car je savais déjà qu'Antonia s'était aperçue de l'importance que j'attachais à chaque partie de son corps.

Il me faut répéter ici, afin d'éviter tout malentendu, que mon attachement pour Orazio avait toutes les bonnes raisons de persister, qu'Antonia fût là ou non. Comme moi il buvait et il fumait, mais d'une tout autre manière : il buvait tous les jours et fumait à chaque heure, mais tout ceci avec régularité et en pleine sérénité. Du fait que je ne savais m'arrêter ni de fumer ni de boire, j'aurais voulu l'imiter pour apprendre à me libérer au moins de mes remords. Par ailleurs, cette grande confiance aveugle qu'il avait dans l'amitié et même dans l'amour (c'est-à-dire celui qu'il parvenait à ressentir comme tel), et qui mettait sa vie sous une cloche, de verre bien sûr, mais apte à le protéger de toutes les aventures anodines du doute, de la méfiance, du découragement, qui sévissaient dans ma vie, le rendait si séduisant à mes yeux qu'il me semblait véritablement que la présence d'Antonia n'était pas indispensable pour m'inciter à préférer sa compagnie. Je l'aimais sincèrement, comme les poètes aiment les très grands poètes, comme certains soldats timides aiment les preux. Il savait chasser, pêcher, et même cuisiner. Une salade assaisonnée par lui était inoubliable. Pour un kilo de salade il lui fallait une heure entière et quatre sauces différentes qu'il préparait dans quatre bols. Les ayant versées sur la salade, il remuait trois quarts d'heure durant, de sorte qu'à la fin chacune des feuilles était imprégnée et saturée d'une saveur qui n'était pas la sienne ou à laquelle la sienne s'associait faiblement. L'ail figurait dans le tableau mais juste une pointe, rien qu'une évocation. Hé oui ! Seul un homme sain est capable de tourner une salade de la sorte. Travailler autant sans voir le résultat mais l'anticiper en se souvenant de la saveur qu'on a connue, est le fait de l'animal discipliné. Tout autre chose que de fendre du bois, ce qui est à la portée de tout le monde, à condition bien sûr d'avoir eu une hache dans la main très tôt dans la vie.

Il préparait aussi d'une excellente façon le gibier, qu'il ne mangeait pas, ce que je lui reprochais, tout comme Antonia, car j'y voyais l'aggravation de son assassinat. Il haïssait ses victimes même au-delà de la mort.

Orazio faisait preuve aussi d'une grande compréhension. Même à l'égard de choses qui me concernaient. Une fois je m'ouvris à lui et lui avouai qu'il m'était impossible d'arrêter de fumer car je fumais maintenant depuis quatorze ans à peu près, environ cinquante cigarettes par jour. En admettant même que je me sente capable de rester sans fumer pendant quatorze autres années, à quoi aboutirait l'énorme, l'impensable effort ? Au bout de ces quatorze années *vides*, la moyenne des cigarettes que j'aurais fumées chaque jour de ma vie se trouverait réduite à vingt-cinq. L'effort débouchait par conséquent sur un résultat insuffisant. D'aucuns, sans le moindre effort, atteignent des résultats autrement importants.

Il réfléchit avec intensité puis se mit à rire. Enfin il reprit son sérieux et dit : « Je comprends parfaitement. »

Cependant, lorsque au dîner il cherchait à me contrarier en présence d'Antonia, il m'appelait « le monsieur de la moyenne ».

Antonia rit de bon cœur mais elle m'admira : personne d'autre que moi ne creusait dans son propre passé ni prévoyait l'avenir. Elle-même n'était pas capable de créer une moyenne dans sa vie. D'aucune sorte. Ce qui la fit méditer.

Ce grossier personnage d'Orazio se plut alors à insister : « Eh ! Allons donc ! Pense bien. Si tu comptes aussi tes années de nourrice quand arriveras-tu à une par jour ? »

Assurément il n'est pas de mise de parler ainsi devant des étrangers. Je ne pus m'empêcher de faire le calcul du nombre d'hommes qu'il faudrait pour faire arriver Antonia à la moyenne proposée. Elle avait commencé à seize ans, que je sache, et à présent elle en avait vingt-deux. Seize ans, si je ne m'abuse, font cinq mille huit cent quarante jours vides, tandis que les six années actives n'en faisaient que deux mille cent quatre-vingt-dix. Il me semblait que, pour vigoureux qu'il fût, Cima ne pouvait suffire en l'occurrence car, pour arriver à la moyenne, il fallait ajouter les jours innocents à ceux qui ne l'avaient pas été. On atteignait le chiffre de huit mille trente qui, divisé par deux mille cent trente, donnait une activité de presque quatre (comment puis-je dire ?) cigarettes par jour, y compris les dimanches et les jours fériés.

J'exprimai cela tout haut pour montrer la rapidité avec laquelle je calculai de tête. Puis je me figeai pour ne pas en dire davantage et continuai à ressembler à Orazio, mais même Antonia rit de bon cœur. Elle se renversait dans le fauteuil, s'abandonnant complètement. Elle était bien plus fine qu'on ne l'eût cru. Son profil se dessinait sur le dossier du fauteuil et on en décelait l'élégance expressive qui se détachait sur le fond obscur du siège. Ses petits pieds, tout aussi élégants, dépassaient de sa jupe. Pour la première fois je la désirai en entier.

II

Un soir, au dîner, Orazio me proposa une chasse étrange : celle de l'ours. On était en 1886 et j'avais lu de mon côté dans les journaux locaux qu'un ours avait été vu rôder dans les parages du mont Ré. Entre autres armes, Cima possédait deux fusils Werndl de très longue portée qui convenaient justement à la chasse à l'ours.

Antonia approuva que je débute par une telle chasse. De toute manière, elle n'éprouvait aucune pitié lorsqu'il s'agissait d'une grosse et dangereuse bête comme celle-là.

Je m'engageai dans une plaidoirie qui n'en finissait plus sur le droit à la vie qu'ont même les animaux forts. Il était malheureux que l'avènement de l'homme sur terre ait rendu neurasthéniques toutes les bêtes de la terre. Je me figurais que nombre d'entre elles étaient devenues nocturnes car par le passé (avant que n'arrive Cima avec ses habitudes), l'homme avait eu besoin de la lumière du soleil pour se mouvoir. Je m'imaginais aussi que ce devait être le moment où nombre de bêtes se terrèrent pour se cacher, d'autres trouvèrent refuge au plus épais des bois, mais à titre provisoire, car l'homme était par excellence le destructeur des forêts dont il abattait les arbres pour pouvoir imprimer ses journaux. Je prolongeai ma tirade qui me permettait de ne pas quitter Antonia des yeux. Elle était vêtue ce soir-là d'une manière virginale, avec un tablier tout en fleurs et dentelles qui lui conférait l'air de petite jeune fille dont l'atour mis le matin pour vaquer sans se salir aux soins du ménage reste impeccable le soir. Maintenant le tablier fin est passé de mode mais dans ma jeunesse il constituait précisément le symbole de la jeune fille. Et sur Antonia ce tablier était vraiment excitant.

« Si je comprends bien, dit Orazio, tu ne veux pas venir à la chasse à l'ours. »

Je m'empressai de lui répondre, non sans souffrance : « Au contraire ! Au contraire ! Je voudrais cependant que l'on m'informe sur la provenance de cet ours. Et s'il s'agissait tout bonnement d'un ours domestique qui se serait enfui de chez son maître ? Imagine notre surprise si, après avoir tué le gros animal, nous lui trouvons autour du cou un collier avec le nom et l'adresse de son propriétaire. » Nous aurions détruit une partie d'humanité car la bête représentait le fruit d'un travail humain passablement laborieux.

Je connaissais l'histoire d'un chien domestique qui avait été tué je ne sais plus dans quel pays parce qu'on l'avait pris pour un loup. C'est pourquoi les armes à feu étaient quelque chose d'infâme : elles atteignaient l'objectif sans permettre au préalable un examen minutieux et précis. Je m'adressai de nouveau à Antonia et à son tablier : « On appuie sur la détente et c'est fini. C'est une ignominie d'avoir mis tant de puissance à la disposition de l'homme. »

Antonia protesta : « Gare si les fusils n'existaient pas ! Les ours se promèneraient dans nos rues. »

Le mauvais œil

Entre dix et quinze ans, nombre d'adolescents rêvent d'embrasser une grande carrière, voire celle d'un Napoléon. Il n'y avait donc rien de bizarre à ce qu'à douze ans Vincenzo Albagi se fît la réflexion que si Napoléon avait été proclamé empereur à trente ans, lui-même pouvait envisager de le devenir à son tour, et même avant cet âge. Ce qui est bizarre en revanche, c'est que ce rêve qu'il caressa un bref moment se fixa dans son esprit à jamais. Personne ne parut s'en douter car il se présentait comme un bon garçon, pas sot du tout, appliqué et attentif à sa tâche d'écolier au collège comme au lycée. Il faisait la fierté de ses professeurs par les aptitudes qu'il montrait, et aussi (oh ! ces yeux de lynx qu'ont les professeurs !) par sa modestie. Chez lui il s'accommodait de l'humble petite vie de province qui lui était imposée et il supportait avec le sourire et un sentiment de compassion l'orgueil qu'étalait son père qui se prenait pour le Napoléon des marchands de vin en Italie. Le vieux Gerardo qui avait travaillé la terre de ses mains dans son jeune âge était un homme satisfait et bienveillant. À un moment donné, il avait compris qu'il valait mieux acheter et vendre la production d'autrui que de se morfondre en attendant la sienne propre. Son petit esprit avait fourni un gros effort pour en arriver là et, une fois l'affaire amorcée et le succès atteint, Gerardo vécut bien physiquement et parfaitement moralement. Son épouse qui se voyait concéder une domestique, deux ou trois vêtements l'an et une table bien garnie, l'adorait et l'admirait. Gerardo faisait le bien autour de lui et n'attendait même pas de la reconnaissance en retour. Il marchait dans la rue la poitrine un peu trop bombée mais les gens l'aimaient bien, peu se sentaient affectés par son léger orgueil de négociant chanceux. Il ne manquait pas de place en ce monde pour tant d'autres orgueils tout aussi légitimes ! Souvent, avec un accent sincèrement admiratif, Gerardo reconnaissait les mérites des autres. Il disait au cireur de bottes posté devant sa maison : « Tu es le meilleur cireur de bottes de ce monde ! », à la cuisinière : « Personne ne sait préparer la brandade de morue comme toi ! », et à sa femme : « Moi je sais faire de l'argent et toi tu sais l'épargner ! » Voilà que nombre de gens se sentaient comblés par ce bonheur de Gerardo.

Vincenzo, en revanche, était plongé dans la contemplation de sa grandeur future. Son père avait eu une seule bonne idée dans sa vie, mais il devait à ce père et à cette idée la vie heureuse qu'il menait. Si une telle idée n'avait surgi dans l'esprit de son père, Vincenzo se serait vu attelé à une charrue depuis beau temps, en compagnie de quelque autre âne. Néanmoins, ce petit orgueil paternel qui lui paraissait étrange, excessif, l'ennuyait. Son père évoquait trop souvent la confiance que les consommateurs ou les autres négociants en vins avaient en lui. « Lorsque le vin passe entre mes mains il acquiert plus de saveur et plus de valeur. » Rien, au contraire, ne passait entre les mains immaculées de Vincenzo alors que dans sa tête passait et repassait l'image de lui-même sous les traits d'un grand et admirable condottiere. Or, tandis que Vincenzo n'avait pour l'orgueil de son père qu'un sourire las et distrait, le vieil homme se réjouissait au contraire de l'orgueil de son fils, considérant un tel orgueil tout aussi légitime que celui d'un bon cireur de bottes. Vincenzo était un élève consciencieux. Il passait brillamment en classe supérieure chaque année. « Moi je fais de l'argent, lui disait le bon vieil homme, et toi tu feras sûrement autre chose. »

Les ennuis commencèrent lorsque Vincenzo quitta l'école. Il voulut avant toute chose fréquenter l'École militaire. C'était la voie la plus brève pour parvenir à détrôner le roi et prendre sa place. C'est curieux comme le roi était loin; même de l'École militaire. Vincenzo eut affaire à des lieutenants et des sous-lieutenants qui dans l'ensemble l'aimèrent bien et l'estimèrent longtemps, tout comme l'avaient fait les professeurs du lycée. Puis un beau jour Vincenzo perdit patience. La lutte pour la vie planait sur lui. Il ne s'agissait plus d'apprendre, mais de devenir quelqu'un et rapidement. Il manqua une fois de respect à un lieutenant de la façon la plus grossière. On le mit aux arrêts, on le menaça de graves sanctions, et il fut soulagé lorsque, avec l'aide de son père qui, en marchand de vin rusé qu'il était, le déclara un simple d'esprit depuis sa tendre jeunesse, il put se retrouver chez lui sain et sauf et libéré de l'uniforme militaire.

Vincenzo joua même pendant quelques mois au simple d'esprit. Les deux provinciaux craignaient une surveillance de la part des autorités militaires et une reprise du procès si Vincenzo se montrait moins simple d'esprit. Et de même que Vincenzo se souvenait de son rêve d'adolescent l'incitant à devenir un Napoléon, de même il se souvint de son sentiment presque joyeux à l'idée de paraître le plus idiot possible. « Voyez-vous ça ?, se disait-il, être destiné à cela et devoir feindre d'être ceci ! »

Pour qui connaît la nature humaine commune il ne semblera nullement étrange qu'après ces deux années écoulées à l'École militaire et auxquelles le coup de pied qui le renvoya chez lui mit un terme, Vincenzo ne fit aucune tentative sérieuse pour conquérir la position convoitée d'un Napoléon. Il resta chez lui, après un bref séjour dans une université qui le conforta dans son idée que les études n'étaient pas chose pour lui. Par rapport à ses camarades il était vieux à présent. Le dédain qu'il nourrissait à l'égard des hommes devenait immense envers ceux qui étaient ses cadets et il répugnait à devoir vivre auprès de gens dont la soumission devait en réalité lui être acquise. Il retourna donc chez lui et son vieux père, qui ne demandait pas mieux que de l'avoir auprès de lui, le reçut à bras ouverts. « Je t'enseignerai mon commerce de vins. Lancé comme il l'est, il ne te donnera pas grand mal. » Il est heureux que Vincenzo n'ait pas réprimé cette fois la rancœur qui s'accumulait dans son for intérieur mais qu'il l'ait extériorisée. Loin de lui le désir d'éviter l'effort, au contraire il le recherchait. Il entendait même se donner de la peine pour accomplir de grandes tâches, des tâches héroïques, mais pour un homme qui avait fait des études comme lui, c'est-à-dire pour *lui*, le commerce du vin n'était pas de mise.

À la suite de quoi Vincenzo connut une longue

période de paix car Gerardo était un homme à qui il était facile d'en imposer et puis, pratique comme il l'était, il refusait de se faire du souci pour autre chose que pour son vin.

Vincenzo lut énormément à cette époque. Des volumes et des volumes. Nombre de gens qui s'adonnent à la lecture acquièrent du savoir, d'autres en tirent quelque profit, Vincenzo y trouvait, au contraire, motif à rancœur. Il lut plusieurs longs récits sur le Consulat et sur l'Empire et se déclarait stupéfait de constater qu'un si grand homme avait commis tellement d'erreurs. Il lisait aussi les journaux et chaque exemplaire renforçait dans son esprit sa conviction que tous les gens dont on parlait se montraient indignes ou faibles.

Vincenzo prenait soin de son aspect ; il portait une grande moustache brune qu'il bichonnait particulièrement et, dans l'ensemble, rien ne le distinguait du commun, du plus commun des mortels, n'était un certain air fatal qui se collait à son visage comme un masque. Le fait est que lorsque les autres s'enthousiasmaient, lui, immédiatement heurté, se retirait dans son orgueil. Il faisait alors un geste étrange. Il mettait sa main devant sa bouche comme pour dissimuler un bâillement et son œil devenait torve, tout à fait torve. Les paupières se contractaient comme pour couvrir cet œil qui restait cependant suffisamment ouvert pour recevoir les images et lancer une petite flamme jaune en direction des corps qui avaient occasionné ces images. Il était arrivé à une époque de sa vie où il avait de fréquentes raisons de bâiller. C'est en bâillant à se décrocher la mâchoire qu'il regarda les premiers aéroplanes auxquels il reprochait leur peu de stabilité. Observation fort juste que son grand esprit faisait aussitôt suivre de l'espoir d'être celui qui découvrirait le moyen de leur assurer plus de stabilité. Les dirigeables le rendirent tout mou, le firent dormir debout, mais crispèrent son œil si fort qu'on ne voyait dans l'entrebâillement des paupières que le blanc de l'œil traversé par l'habituelle lueur jaune. On attribua le prix Nobel mais ce ne fut nullement pour lui. Au fond, il avait l'impression qu'il vivait une époque bien hypocrite avec cet air qu'elle se donnait de ne vouloir rien d'autre que de grands condottieri mais faisant de son mieux, en réalité, pour les éluder et les suffoquer.

Cela dit, Vincenzo était un homme heureux et, par conséquent, envié dans le petit milieu de sa ville natale. Tout le monde lui disait qu'il était né coiffé mais lui n'ajoutait pas foi à ces dires et éprouvait une vaste rancœur car il avait l'impression qu'on ne cherchait qu'à lui faire accroire qu'il avait plus qu'il ne le méritait. Il disposait de tout l'argent qu'il voulait, ses parents ne demandaient pas mieux que de lui en donner. Il n'en avait que faire. Une belle et riche jeune fille se laissa envoûter par son œil brun où luisaient des reflets jaunes et il consentit à faire d'elle son épouse. L'amour n'avait pas grande importance à ses yeux mais il ressentait un certain bien-être d'avoir à ses côtés une personne assez raisonnable pour l'adorer. Il disposait de tellement de temps vide de toute obligation qu'il pouvait le bourrer de ses rêves d'empereur. Mais il avait idée que ceci lui revenait de droit.

Sa mère qui, de son côté, attendait patiemment que de toute cette larve émerge le petit animal utile qu'elle espérait, l'incita à prendre part à la vie politique locale. Le milieu était sans doute restreint mais l'on pouvait escompter un milieu plus vaste, autrement dit Rome... et de là... Et les rêves s'animèrent de ce projet de faire le premier pas. Il le fit, ce premier pas, avec des manifestations hautaines et dédaigneuses à l'endroit de l'administration locale. Il fut interrompu par une calotte. Et quelle calotte ! Une grosse main puissante avait même étreint une partie de sa tête si compassée et avait foncé avec une telle violence que le col céda et ne suffit pas à amortir le coup. Les jambes cédèrent à leur tour et ceci ne suffit pas non plus, de sorte que Vincenzo finit carrément le nez à terre. Il le releva de suite et fixa son adversaire. Il n'avait rien compris sauf qu'on l'avait énormément outragé. Ce barbare, rien d'autre qu'un ver de terre par rapport à lui-même, avait eu le front de lui faire ça, à lui ! Il attacha son regard sur cet homme, parut désarmé mais sa haine alla alimenter la flamme jaune qui dansait dans son œil. C'est ainsi que naquit son mauvais œil. Ce qui y contribua, ce fut sa volonté de bête abattue, son désir de vengeance en proportion avec le tort énorme qu'on lui faisait : un délai supplémentaire dans son ascension. Il se releva et ce fut l'autre qui lui tendit sa carte en premier. Vincenzo y vit une dérision et il regarda son adversaire fixement, très fixement. Sa joue s'était enflée et un œil devenu petit s'obstinait à ne pas vouloir se fermer.

Avant qu'on en arrivât au duel, son adversaire tomba malade à la suite d'une piqûre d'insecte et mourut quelques jours plus tard.

À vrai dire, Vincenzo ne pensait pas un instant qu'il l'avait tué. Il savait prendre un air affligé sans le moindre effort. Vincenzo n'était pas un méchant homme et pour créer ce mauvais œil auquel son destin d'ambitieux inerte avait forgé les prémisses, il avait fallu que son animosité fût en jeu. Or une telle animosité existe chez tous ceux qui reçoivent une gifle, sauf que les autres la manifestent en rendant coup pour coup. Chez le pauvre Vincenzo, au contraire, elle produisit la seule arme qu'il sût manier. Une arme appelée à meurtrir tant de gens, y compris lui-même.

Quelque temps après, il épousa la jeune fille qui l'aimait. En bon fils qu'il était, il avait l'impression de se sacrifier pour faire plaisir à son père, à sa mère, et à cette jeune fille qui voulait de lui. Hé oui ! Lorsqu'on n'aime pas en retour, le mariage ne représente pas cette entrave à d'autres entreprises comme on le croit généralement.

Ce fut au cours des premiers mois de son mariage qu'il se douta de la puissance infernale dont son œil était doté. Il avait l'habitude, pour se promener, de ne prendre que des chemins de campagne, à peine hors de la petite ville où il se considérait comme un exilé. Il voulait être seul pour se retrouver. L'amour que sa jeune épouse lui portait l'assommait. Il avait besoin d'être seul. Dans sa poche se trouvait le dernier ouvrage de Thiers où Vincenzo se complaisait à lire comment le Titan avait accumulé erreurs sur erreurs sous le poids desquelles il était écrasé maintenant. Titan aveugle ! Il avait vu fonctionner un modèle de chemin de fer et n'avait pas saisi le parti qu'il pouvait en tirer pour dominer le monde !

Sur ce, il aperçut une grande foule qui arrivait à flots de la petite ville dans un vacarme de cris d'enthousiasme. Les hommes avaient ôté leurs chapeaux qu'ils brandissaient en l'air en guise de salut ; les femmes agitaient leurs mouchoirs. Vincenzo regarda en l'air à son tour. À quelques centaines de mètres de hauteur, un dirigeable s'avançait, contre le vent. Il brillait dans le soleil de midi tel un énorme fuseau de métal. L'air était rempli des explosions régulières de son moteur. C'était le témoignage même d'une grande victoire humaine et Vincenzo regardait, regardait, et les défauts que présentait cet engin surgirent dans son esprit, en premier lieu le danger que comportait cette énorme quantité de gaz inflammables qui le soutenait. La foule applaudissait et l'on voyait là-haut quelques silhouettes minuscules se pencher de la nacelle et répondre aux acclamations qui leur arrivaient des champs et des collines plus lointaines. «Ils croient qu'ils triomphent», pensa Vincenzo avec une moue de dégoût. C'est alors qu'il s'aperçut que de son œil s'était échappé quelque chose qui pouvait ressembler à une flèche quittant l'arc tendu. Il sentit clairement ce départ de la flèche. Il passa ses mains sur ses yeux afin de les protéger, ayant eu l'impression que son organe de la vue avait été blessé par un objet venu d'ailleurs. Bien vite il dut abandonner ses doutes. Là-haut, et coïncidant parfaitement avec la sensation qu'il avait éprouvée, un phénomène bien autrement important se produisait. Une énorme flambée avait enveloppé le cigare volant et la nacelle qui y était attachée. Un instant plus tard on entendit l'effroyable explosion et les hurlements de la foule terrorisée. Il ne resta dans les airs qu'une forme de nébuleuse qui continuait de s'élever tandis que se précipitait à terre la nacelle que l'on vit devenir de plus en plus grande, chargée de son moteur et des aéronautes. Et quand elle atteignit le sol ce fut un grand fracas. La première impulsion de Vincenzo avait été d'accourir sur le lieu du désastre qu'il n'avait pas voulu; puis il freina son élan parce qu'il savait que c'était lui qui l'avait provoqué, et qu'il craignait que les autres ne devinent la réalité de sa conscience. Il se précipita chez sa femme qu'un accouchement prochain avait retenue chez elle et lui raconta le spectacle terrifiant auquel il venait d'assister, s'interrompant souvent au cours de son récit, embarrassé, changeant de couleur. L'agitation qui lui nouait la gorge n'était pas due à sa souffrance pour les malheureuses victimes comme sa femme le croyait ; il se voyait lui-même, pervers, malveillant. Il avait tout d'abord tenté de donner à sa femme une idée de l'admiration qui l'avait submergé à la vue du prodige. Mais sa langue, plus sincère que les mots, dévoila les imperfections qu'il attribuait à l'engin. En dépit du désastre survenu et du regret sincère à l'endroit des pauvres victimes, il sentait tandis qu'il décrivait la magnifique victoire humaine, renaître en lui tout son ressentiment, et il comprit que si la catastrophe ne s'était pas déjà produite, son œil se serait déclenché de nouveau. Ne supportant pas une vision aussi précise de sa malveillance il se tut et se jeta sur un lit en sanglotant, pressant ses poings contre ses yeux terribles. Pleine de compassion devant une aussi grande et noble douleur, sa femme l'entoura d'attentions amoureuses.

Puis, il nia tout en lui-même et ensevelit toute chose dans l'oubli. Cela n'avait été qu'une imagination de sa part. Eût-il voulu le faire croire aux autres qu'il n'y serait pas parvenu. Pourquoi devait-il le croire, lui ? Lui qui, en personne supérieure qu'il était réellement, savait qu'il avait toujours été si bon ? Il chassa de son esprit le mauvais rêve et reprit celui de son accession au trône qui l'attendait. Et lorsqu'il lui arrivait de parler de la catastrophe dont il avait été témoin, il trouvait les mots les plus nobles pour exprimer ses regrets, prenant bien soin toutefois d'éviter d'ajouter qu'il avait prévu le désastre à cause de l'imperfection de l'engin. Et lorsqu'il advint une fois que le sujet fut abordé en présence de sa femme qui, pour exalter ses mérites, raconta comment son époux avait compris qu'une telle machine ne pouvait fonctionner, il nia et se déroba. Tant de dirigeables circulaient de par le monde en parfaite sécurité ! Tout le monde le savait ! Le problème pour des engins aussi délicats était de rester éloigné des influences maléfiques.

Mais quelques semaines plus tard l'œil de Vincenzo se déclencha de nouveau et frappa la personne qu'il croyait aimer le plus au monde. Sa mère était une femme ambitieuse qui n'avait pas renoncé à l'idée de le pousser de nouveau dans l'arène politique locale. Le pays était sens dessus dessous en vue des élections et elle désirait qu'il cédât au souhait de divers amis et qu'il se présentât comme candidat. Vincenzo ne voulut pas en entendre parler et, en raison de la confiance qu'il avait dans l'amour de sa mère, il lui fit comprendre qu'il s'estimait trop élevé pour daigner prendre part à une lutte politique dans un milieu aussi misérable. Nul doute que par le passé elle avait cru fermement un tel état de choses et qu'elle avait attendu pendant de longues années que son lionceau se lance à la conquête du monde. Mais force lui fut de constater que le monde était trop vaste pour lui et, lorsqu'elle assista à son retrait dans sa coquille de lâche dès le premier heurt pour continuer à se livrer à ses loisirs béats, son jugement sur Vincenzo fut chose faite. Elle en parla à son mari qui, débordé comme il l'était, n'avait guère le temps de se pencher sur ce qui se passait autour de lui. « Il sait tant de choses et n'a envie de rien faire. Qu'adviendra-t-il de lui ? » Elle en parla alors à sa belle-fille : « Pourquoi tolères-tu que ton mari passe toutes ses journées dans l'oisiveté ? Ne vois-tu pas que tu commences à mettre des enfants au monde et que, lui, fait la sourde oreille ? » Gerardo avait donné peu de poids aux paroles de sa femme et s'était bien vite retourné de l'autre côté dans son lit pour ronfler à son aise. En revanche, la jeune femme amoureuse protesta : Vincenzo était un homme qui pensait et qui étudiait, il n'avait nul besoin qu'on le fustige pour qu'il travaille. Quant à l'argent, son père en avait amassé suffisamment et vouloir en accumuler davantage serait une lâcheté. Pour l'heure Vincenzo était plongé dans la pensée et dans l'étude.

La mère qui avait voué toute sa vie à ce fils se sentit blessée de trouver quelqu'un qui se dressait contre elle pour le défendre, et elle se fit violente. Le malheur voulut que Vincenzo arrivât juste à ce moment-là, ce qui excita davantage la vieille dame qui se trouvait devant l'odieuse alliance de son fils et de sa bru. Alors elle laissa couler le flot de ses jugements négatifs. Elle voulait heurter son fils de front et elle n'avait pas grand mal à le faire car elle était la seule personne à qui Vincenzo, tout gosse encore, avait révélé son aspiration intime. « Continue, continue à étudier la vie de Napoléon. Comme ça, lorsque tu tomberas sur quelqu'un qui lui ressemble, tu pourras obtenir de lui la permission de lacer ses souliers. » Dans sa fureur elle manifestait son mépris pour le vaniteux qu'elle ne connaissait que trop bien et qu'en d'autres temps, tout en le sachant ainsi fait, elle avait su plaindre et dorloter.

Vincenzo se sentit suffoquer de surprise et de colère. Personne n'avait jamais osé lui parler sur ce ton. Et en présence de sa femme ! Il chercha des mots et ne les trouva pas ! Comment les trouver ? Il ne pouvait tout de même pas déclarer qu'il se sentait capable de ressembler à Napoléon ! Son inertie même lui interdisait toute vantardise. Sa molle ambition filtrait à travers quelque ouverture, à travers ses petits yeux, mais pas à travers sa grande bouche. Nier son ambition à celle à qui lui-même l'avait révélée tant de fois, tout bas, dans une petite chambre de la maison paternelle où avant d'aller dormir ils avaient rêvé ensemble, n'avait aucun sens à présent. C'est pourquoi, et rien que pour cela, dans l'organisme inerte par ailleurs, l'œil s'alluma.

La mère s'en fut et, restés seuls, les deux époux pleurèrent ensemble. Elle, ravie d'avoir enfin percé son secret : « Ah ! je l'avais deviné depuis longtemps ! Toi tu médites quelque chose de grandiose ! » Lui, enchanté du fait que sitôt perdue la foi qu'avait en lui sa mère il trouvait quelqu'un pour prendre la relève, s'apaisa sur-le-champ.

Il avait bien senti son œil se déclencher mais il n'y croyait plus. Et puis sa mère s'en était allée raide et irritée, respirant la santé, non comme le dirigeable qu'un coup d'œil avait suffi à faire voler en éclats. L'idée ne l'effleurait pas que l'organisme humain était constitué différemment et qu'il ne contenait pas de gaz inflammables. La flèche y produit une légère fissure par où le grand et complexe organisme se trouve atteint. Il faut un certain temps pour obtenir sa destruction. « Je ferai des excuses à ma mère », se dit Vincenzo que les caresses de l'épouse avaient adouci.

Il ne put plus lui parler. Quelques heures après sa visite, la vieille dame avait été trouvée inanimée sur le sol. Lorsque Vincenzo la revit, elle était déjà étendue sur son lit, couchée sur le dos, immobile, elle semblait avoir sombré dans un sommeil lourd à la respiration régulière mais bruyante. Son père lui raconta qu'il l'avait vue après la visite rendue à sa bru et elle semblait bien se porter. Mais lorsqu'il était revenu, il l'avait trouvée qui gisait sur le tapis, dans la même posture qu'à présent sur son lit, avec la même respiration forte et régulière. Seule la tête avait une moins bonne position, un peu penchée sur l'épaule. « Crois-tu qu'elle a pris un somnifère ? » demandait le vieil homme inquiet. Immédiatement Vincenzo – plus cultivé – entrevit la vérité et immédiatement aussi il se rappela son propre regard meurtrier. Il refusa de l'admettre ! Sa mère devait être ivre. Ce sommeil de plomb, paisible, ne le révélait-il pas ? Il demanda à son père s'il n'avait pas eu vent que la vieille dame s'adonnait aux joies du vin. Et lorsque son père lui répondit qu'elle avait toujours été la sobriété même, Vincenzo ne se résigna pas à abandonner son idée : « L'alcool absorbé par elle n'en aura eu que plus d'effet. »

Toutefois, le médecin qui arriva sur ces entrefaites ôta tout doute des esprits : il s'agissait d'une paralysie. Vincenzo persista à ne pas vouloir ajouter foi à ce diagnostic. Une paralysie ? Avec ce sommeil à la respiration régulière, avec cette mine... presque celle que sa mère avait d'ordinaire ! Il se mit à rire, il rit d'un rire strident, délibéré. Le médecin qui était jeune ne s'en offusqua pas. Il comprenait qu'il se trouvait en présence d'une grande douleur et se montra indulgent. Il confirma son opinion mais ajouta aussitôt que c'était une maladie dont il arrivait de guérir par une résorption lente, très lente. Le temps guérissait tellement de choses ; seulement il fallait avoir le temps. Et il s'en fut sur cette phrase sibylline qui devait le décharger de la responsabilité qu'il assumait avec cette promesse de guérison.

Cette phrase mûrit lentement dans l'esprit de Vincenzo. Il se précipita au chevet de sa mère pour veiller à ce qu'on suivît à la lettre les prescriptions en vérité fort anodines du médecin. Mais, lorsque tout le monde sauf lui ressentit le besoin de prendre quelque repos et qu'il se trouva seul devant le lit de sa mère, il sut qu'elle se mourait parce qu'il l'avait frappée de son arme. Il enveloppa de regards suppliants le pauvre corps abattu. Il lui semblait que son œil redevenu bon était à même de guérir le mal que lui-même avait causé. Puis il tomba à genoux devant le lit, pria comme devant une divinité, et pleura.

Au petit matin la respiration de sa mère devint un peu plus bruyante. De temps à autre son souffle s'arrêtait puis reprenait après cette brève pause, mais plus péniblement. Ce changement indiquait-il un mieux ou une aggravation ? N'annonçait-il pas le réveil ?

Le médecin revint et constata – comme il le dit – une légère aggravation. Il lui sembla qu'il avait eu suffisamment d'égards pour ce grand fils et que l'heure était venue de lui parler clairement. La maladie en soi était si grave que cette légère aggravation depuis la veille la rendait mortelle. Alors ce grand enfant devint carrément fou de désespoir et le docteur se dit qu'il n'avait jamais rien vu de pareil ! Il s'arrachait les cheveux, se roulait par terre, hurlant sans arrêt : « Pauvre de moi ! Oh ! Pauvre de moi ! » En parlant ensuite avec d'autres patients, le médecin commenta : « C'est bizarre ! Sa mère mourait sous ses yeux et toute la compassion dont il se sentait capable était reportée sur lui-même ! » Dans son désespoir il s'accusait d'une faute grave. Mais par bonheur personne ne le crut.

La mère mourut et on l'emporta. Vincenzo paraissait être plus calme. Il avait passé la journée à regarder le cadavre de sa mère. Il ressentait un tel désir de la revoir vivante qu'il espérait que son œil, celui-là même qui lui avait donné la mort, la ferait renaître. Il ne suspendit ses efforts que lorsqu'il la vit enfermée dans le cercueil. C'eût été effroyable si maintenant elle revenait à elle.

  Bien vite il cessa même de s'accuser du grand délit. Gerardo, qui commençait alors à se rendre compte du deuil cruel qui l'avait frappé, laissait entendre qu'il croyait à la culpabilité de son fils. Il avait appris la violente dispute qui avait éclaté entre eux et il pensait que la congestion cérébrale qui avait emporté la vieille femme avait été provoquée par la surexcitation due à leur altercation et qu'en conséquence – pensait Gerardo – son fils s'en accusait. Ne supportant pas l'humiliation d'une telle accusation, Vincenzo voulut se disculper. De la sorte, il recouvrit une fois de plus sa conscience d'une couche épaisse sous laquelle il se tranquillisa en trompant tout le monde. Et puis son œil avait déjà accompli le pire des forfaits ; tout le reste du monde pouvait dorénavant être blessé à mort par lui sans qu'il n'éprouve aucun remords. Il continuait d'étudier l'histoire de Napoléon et il savait que s'il se livrait à une telle étude, ce n'était pas par amour mais par envie et par haine. Il savait aussi comment s'opérait cette vitalité particulière de son œil. Napoléon l'activait d'une manière inouïe. Heureusement que l'Empereur gisait paisiblement aux Invalides à l'abri des flèches de Vincenzo !

  La seule souffrance que son étrange maladie suscitait à présent était un certain mépris envers lui-même. Il se rendait compte qu'il abattait toutes les choses élevées de ce monde. Pour mettre son âme en paix, il se disait que lui-même eût aimé accomplir force choses sublimes et que le destin le lui ayant dénié, sa grandeur s'était muée en une puissance infernale. Le fait qu'une telle puissance ne dépendait pas de sa volonté ne diminuait en rien son mépris. Effectivement elle ne dépendait pas de sa volonté. Il regarda d'un œil qu'il voulut malveillant un chien qui l'avait assailli : le chien put le mordre à son aise et partir tranquillement en excellente santé. Il fallait qu'il fût touché en certains points de son organisme moral pour que l'œil se déclenchât. Tous les avions et les dirigeables qui passaient au-dessus de sa ville natale tombaient en flammes. Vincenzo s'évertuait à freiner l'activité de son œil et regardait le ciel en s'efforçant de penser aux épouses et aux mères de ces héros, afin de se contraindre à la bienveillance. Et puis, il se trouvait devant le spectacle de ces mères et de ces épouses qui attendaient fébrilement le retour de leurs chers fils et maris pour les porter en triomphe. Alors son propre destin obscur resurgissait dans son souvenir et, sur l'heure, l'œil se faisait meurtrier. Donc l'activité de cet œil ne dépendait pas de sa volonté, mais il est certain qu'elle se trouvait dirigée par quelque chose qui gisait au tréfonds de lui-même, dans un « moi » qui lui paraissait lointain. C'est pourquoi, au cours des nuits d'insomnie auxquelles il était parfois condamné, il se disait : « Je suis innocent ! » Et il fixait l'obscurité avec intensité pour voir avec plus de netteté l'image de sa propre innocence. Ne la trouvait-il pas naturellement cette image ? Était-il tel le serpent dont, à son insu, le venin s'accumule dans la dent ? Non ! Le serpent mordait, alors que lui regardait, la chose était bien différente ! Personne ne se douta de sa détresse intime, pas même la femme qui dormait à ses côtés.

Et qui fut à son tour victime de son œil. Comment avait-il pu atteindre cette pauvre créature dont la vie entière n'était rien d'autre qu'amour pour lui ? Elle venait de donner le jour à un garçon après de longues heures de violentes souffrances. Épuisée, elle n'avait d'yeux que pour son mari, s'attendant à ce qu'il exprime sa reconnaissance. Il n'eut pour elle que son air de suffisance coutumier. À son avis, toute cette souffrance était inutile et vaine. Alors, afin de mieux exprimer ce qu'elle désirait elle trahit les replis de son âme : « Vois-tu! Comme ça tu deviens important comme tu l'entends. Je peuplerai ta maison d'enfants qui, peut-être, dans l'avenir, deviendront quelque chose! » Le lendemain se déclara une fièvre qui l'emporta dans la tombe en peu de jours.

La pauvre conscience de Vincenzo était encore agitée par ce nouveau forfait commis par son autre « moi » quand le bruit courut qu'un oculiste de renom était venu s'établir dans la petite ville. En peu de temps il y avait accompli des miracles. Un vieil homme qui avait perdu la lumière de ses yeux trente ans plus tôt avait recouvré la vue grâce à lui. Vincenzo scrutait dans la glace ses yeux noirs et sinistres : « Et si tout le mal provenait de là? » À vrai dire, en se rendant chez l'oculiste, il avait l'impression d'accomplir un acte héroïque : l'un dans l'autre, il sacrifiait une puissance qui était dans son corps et il la sacrifiait sans demander nulle compensation ; il le faisait par altruisme.

Vincenzo fut reçu par le vieux docteur qui lui demanda ce dont il souffrait. Une pudeur soudaine empêcha Vincenzo de révéler le but de sa visite, quelle que fût la confiance que lui inspirait l'aspect du praticien, un vieil homme vigoureux et barbu, plein de bienveillance. Puis il pensa que si le docteur était apte à guérir le mauvais œil, il le diagnostiquerait de lui-même, et il dit : « Je souffre des yeux lorsque je regarde vers le haut. » « Seulement lorsque vous regardez vers le haut ? », demanda le médecin d'un ton de voix qui sembla ironique à Vincenzo.

L'oculiste installa Vincenzo dans un grand fauteuil et l'obligea à appuyer sa tête contre le dossier. À l'aide de quelques lampes électriques il éclaira l'œil jusqu'au fond. Il examina longuement ces deux petites cavernes, siège de tant de malignité, et parut interdit de les trouver l'image même de la santé. Puis il devina. Prenant un air sérieux, il fronça les sourcils et dit sans ironie aucune : « Je suis incapable de guérir votre maladie. Je sais guérir seulement de bons yeux candides, larmoyants, dont les lésions sont dues à une infection ou qui ont été blessés par des corps étrangers. Mais votre œil, c'est-à-dire le mauvais œil, vous l'avez parfait. Vous êtes à même de voir et vous êtes aussi à même de faire du mal. Que voulez-vous de plus ? »

Faisant un effort sur lui-même, Vincenzo murmura : « Mais je voudrais que vous fassiez en sorte que mon œil ne soit plus un mauvais œil. Je suis un homme bon et je ne voudrais pas continuer à faire du mal à mes semblables. »

Avant de répliquer, le docteur alla chercher un objet qu'il serra fortement dans sa main, afin d'être protégé de l'œil de Vincenzo, puis il parla sans crainte : « Vous ne pouvez être bon du moment que vous avez sous les cils ces deux engins ! Vous, vous êtes un petit envieux, et vous vous êtes fabriqué l'arme qui vous convenait. » L'œil de Vincenzo se déclencha mais cette fois sans effet car le praticien s'était prémuni, ce qui lui fit ajouter en souriant : « Avez-vous vu comme j'ai pu décharger votre arme ? Il suffit de vous toucher en un point déterminé pour que vous agissiez ! Allez-vous-en, je souffre en vous voyant. »

Vincenzo voulut se défendre : « Mais puisque je suis ici fin prêt à me soumettre à tout traitement que vous jugeriez nécessaire, est-ce que cela ne signifie pas que je désire vraiment me défaire de l'œil que j'ai ? »

L'oculiste répondit alors : « Si vous êtes aussi bon que vous le prétendez, mettez-vous sur cette chaise et permettez-moi de vous arracher les deux yeux malfaisants. »

À cette proposition, Vincenzo ne voulut pas en entendre davantage et s'esquiva. Il dévala l'escalier quatre à quatre, accompagné du rire ironique du médecin.

Quelque temps plus tard, le père de Vincenzo mourut, mais ce fut vraiment de mort naturelle. Vincenzo suivit son enterrement l'âme sereine, il n'avait rien à voir avec cette mort.

La semaine suivante fut d'une certaine activité pour Vincenzo. Il désira liquider au plus tôt le commerce de vins et se retrouva ainsi oisif de nouveau. Chez lui, une femme de toute confiance s'occupait de l'enfant.

Plusieurs années s'écoulèrent ainsi.

Un soir d'été Vincenzo se trouvait sur la terrasse de sa villa, bayant aux corneilles en attendant l'heure du dîner. Entre deux bâillements il admirait son propre ennui. « D'aucuns aimeraient bien ne rien faire, moi j'en souffre au contraire ! » Il avait trouvé moyen de se sentir satisfait et même de se vanter de son mauvais œil : « Nombreuses sont dans la nature les grandes forces qui peuvent être bénéfiques et qui, livrées à elles-mêmes, produisent des calamités. » Peut-être aurait-il eu plus souvent recours à son mauvais œil si celui-ci avait vraiment été à sa disposition et s'il n'avait pas craint de se voir découvert.

Quelque chose ou quelqu'un avait grimpé sur son

siège. C'était son petit garçon âgé maintenant de six ans. Il se retourna courroucé et l'enfant s'enfuit. La peur du petit Gerardo le fit sourire. C'était un enfant grassouillet, blanc et blond comme sa défunte mère. Vêtu d'un tricot bleu et d'un petit pantalon court qui dénudait ses genoux, déjà trop grand pour un tel accoutrement, c'était un enfant bien robuste. Dans la petite ville, Vincenzo passait pour être bon père. L'enfant avait toutes les aises qu'on peut avoir à cet âge-là, des jouets en masse, et également l'affection dont il avait besoin car la femme à qui il avait été confié était vraiment douce et bonne, elle, vraiment, et elle lui tenait lieu de mère. L'enfant croyait aussi qu'il avait un très bon papa et même – on le lui avait appris ainsi –, pour lui, son papa était le représentant de la bonté sur terre, et quand on lui demandait : « Qui est bon ? », il répondait aussitôt : « Mon papa. »

Vincenzo rappela l'enfant. Il revint avec sa gouvernante qui, un peu effrayée par cet événement insolite, restait en retrait à l'entrée de la terrasse. L'enfant n'avait nullement peur. Il se campa devant Vincenzo et appuya ses bras sur les genoux de son père. Vincenzo lui sourit et lui fit une caresse. Puis il pensa à ce qu'il pourrait lui dire. Il pourrait lui dire quelque chose d'aimable, aimable comme…*

---

* Manuscrit inachevé. (*N.d.T.*)

Argo et son maître

Le médecin m'avait exilé là-haut. Je devais séjourner une année entière en haute montagne, faire de l'exercice lorsque le temps le permettait et me reposer lorsqu'il l'exigeait. Idée géniale mais qui ne me fut d'aucune utilité. L'exercice physique que l'été avait largement favorisé ne m'avait pas été salutaire et le repos imposé par les premières bourrasques et qui m'avait paru agréable au début devint bien vite excessif, fastidieux, énervant. Puis l'ennui me poussa dans une aventure avec une femme de ce rude pays. Cela finit mal – comme on le verra – et à l'ennui vint s'associer une rancœur contre tout le village qui devait me servir de remède.

La vieille Anna, ma seule compagnie dans cette petite maison protégée par la roche, faisait vraiment, elle, la cure entière. Quelquefois elle oubliait de faire mon lit. Je la contemplais avec envie et ne pouvais m'irriter. Lorsque je feignais de perdre patience, elle s'indignait : « Je n'ai que deux bras ! », s'écriait-elle, et ces deux petits bras grassouillets s'activaient, alors seulement, pour se lever au ciel en signe de protestation.

Je m'en allais, réjoui de constater que le repos –

du moins pour elle – n'était pas pour finir si mauvaise chose.

Dans ma chambre à coucher je lisais le journal d'un bout à l'autre, y compris la publicité. J'interrompais souvent l'assommante lecture pour alimenter de combustible mon poêle en fer que je maintenais constamment incandescent. « À présent cela devrait suffire ! », me disais-je, sentant qu'il faisait bien chaud dans la pièce mais au contraire, presque aussitôt, ayant besoin de bouger, je m'affairais de nouveau avec le charbon de sorte que (Dieu merci !) une nouvelle activité s'imposait : celle d'ouvrir la fenêtre et puis de la refermer promptement lorsque l'air étouffant de la chambre était sorti réchauffer la montagne et se trouvait brusquement remplacé par une humidité si froide qu'il ne me restait plus qu'à intensifier mon activité autour du poêle. Vraiment géniale l'idée du médecin !

Mon chien de chasse, Argo, me regardait avec curiosité et quelque anxiété, craignant que mon agitation ne prît une autre tournure. Lui aussi savait se reposer. Il se blottissait sur le tapis moelleux dans lequel il aplatissait son menton et la seule partie de son corps qui fût mobile était son œil. C'est ainsi qu'assurément regardent les soles lorsqu'elles sont sur le sable au fond de la mer. Si j'ouvrais la fenêtre, il s'approchait du poêle et, après avoir tourné un petit peu autour de lui-même, il s'étalait de tout son long dans la même posture, pour émigrer ensuite dans un coin éloigné du poêle lorsque la chaleur devenait torride. Quand il était parvenu à retrouver la bonne position, il exhalait un profond soupir. Il ne devenait gênant que lorsqu'il dormait parce qu'il ronflait – bien qu'il fût encore jeune – comme une vieille voiture déglinguée. Il eut des réveils brusques, occasionnés par quelque coup de pied que je lui allongeai mais dix minutes plus tard on était au point de départ et je finissais par me résigner. Dans l'ensemble ce bruit si régulier n'était pas tellement désagréable et si je me faisais méchant c'était par pure envie.

Argo n'était pas un personnage très important, pas même parmi les chiens. Les chasseurs prétendaient qu'il n'était pas de race très pure à cause de son corps un peu trop allongé. Tous reconnaissaient la beauté de son œil vif (là aussi, trop grand pour un chien de chasse), de son museau au dessin net et de sa grande tête. À la chasse il se montrait impulsif ; parfois il lui arrivait d'être agressif comme certains ivrognes qui vous assaillent, portés qu'ils sont par leur propre poids. Les coups de bâton servaient quelquefois mais plus souvent ils augmentaient sa sauvagerie et il paraissait alors être un taureau dans une boutique de porcelaine. Peut-être que ce caractère qu'il avait allégea quelque peu la souffrance de ma triste solitude. Balourd et envahissant comme il l'était, il me faisait rire lorsqu'il ne me mettait pas hors de moi.

Ce soir-là je reprenais mon journal pour la quatrième fois. Dehors soufflait un vent violent, conclusion d'une journée entière de mauvais temps. Un vent dont la violence ne voulait pas s'accorder un instant de répit. Si cela continuait ainsi, nous serions le lendemain coupés du reste du monde et il ne me resterait plus, comme seul passe-temps, qu'à faire l'amour avec la vieille Anna. Je lisais, distrait par ma haine que je sentais croître dans mon cœur à l'égard du médecin qui m'avait expédié sur ces hauteurs. Beau résultat que les études universitaires avaient donné là ! N'aurait-il pas pu se vouer à un métier moins nuisible ?

Finalement je découvris dans mon journal une nouvelle qui absorba toute mon attention.

En Allemagne il y avait un chien qui savait parler. Parler comme un homme et avec un brin d'intelligence en plus car on lui demandait même des conseils. Il s'exprimait en allemand, se servant de termes difficiles que je n'aurais su prononcer. On pouvait rire de cette nouvelle mais on ne pouvait passer outre. En attendant ce n'était pas une chose que la vallée communiquait à la montagne, comme lorsqu'il s'agit des nouvelles politiques et sociales, histoire de bavarder étant donné que la montagne n'avait rien à voir avec tout cela. C'était une nouvelle qui me touchait personnellement aussi bien que tous les êtres vivants là-bas.

Je ne sais si, frappé par ce que je lisais, j'ai fait un geste mais, à ma surprise, Argo leva la tête du tapis et me regarda. Avait-il eu vent de la nouvelle qui le concernait ? Je le fixai à mon tour et mes yeux eurent probablement une expression qui lui était si nouvelle que, troublé, il se dressa sur ses pattes de devant pour mieux m'examiner. Devant mon regard inquisiteur il détourna le sien avec cette lâcheté qui flotte dans le regard du chien, seul signe que sa sincérité est moins entière qu'on ne le suppose. Il revint à moi et, battant tantôt d'une paupière tantôt de l'autre – mouvement si comique car il fait penser que la stupide bête opère ces mouvements en alternance pour éviter de demeurer aveugle fût-ce un seul instant – il tenta de soutenir mon regard. Puis, hypocrite, il attacha le sien avec intensité sur un coin de la pièce où il n'y avait rien à voir. Enfin, il trouva un compromis entre le coin et moi de façon à pouvoir me lorgner sans devoir m'affronter.

La nouvelle du journal m'avait libéré de tout mon ennui. Soulignée et confirmée par la pantomime d'Argo, aucun doute ne subsistait : la nouvelle était vraie. Argo savait parler et se taisait par pure obstination. Je lâchai le journal qui ne contenait plus rien qui pût m'intéresser et m'élançai carrément dans l'éducation d'Argo.

D'emblée, j'eus le sentiment de me cogner la tête contre le mur. Se voyant agressée par des gestes et des sons, la stupide bête rassembla tout son savoir et me tendit sa patte ! Une fois, deux fois, vingt fois ! Argo avait perçu intuitivement qu'on lui demandait de faire montre de ce qu'il savait et il tendait la patte ! Il la tendait toujours avec le même geste large. Pour devenir humain, il lui fallait oublier le geste du chien domestique auquel il s'était arrêté comme limite extrême de son éducation.

Dès ce premier soir je perdis patience. Argo regagna sa niche la queue entre les jambes mais je puis dire cependant que son état était moins misérable que le mien. Au lit je repris mes insolences à l'endroit de mon lointain médecin. Il fallait que je laisse tranquille mon pauvre chien, nullement responsable de mon exil.

Mais il n'était guère facile d'accepter toute cette inertie à laquelle j'étais condamné lorsque j'avais à mes côtés Argo qui m'offrait la possibilité d'une activité vraiment illimitée. Avant, pour me secouer, je me ruais sur le poêle et jouais avec le feu. À présent, en dépit de toute résolution, je me mettais à quatre pattes et me recroquevillais près d'Argo à tout instant. C'est la seule position qui permette de parler avec un chien. Dans les premiers temps, presque par une pudeur étrange, l'innocent regardait ailleurs lorsqu'il voyait un homme prendre la position d'un chien; puis il s'accoutuma. Et tous les jours ce furent vingt et cent leçons. Les coups et les morceaux de sucre pleuvaient. Argo tentait de se soustraire à cette torture dès qu'il le pouvait, mais moi, à moins de dormir, je ne pouvais plus me passer de lui. Quelquefois le découragement interrompait les leçons; la colère même me les faisait reprendre : il fallait tout de même que je me venge de tant de stupidité.

En même temps je mettais la même ténacité désespérée pour m'éduquer moi-même à cette tâche inégale. J'épiai la bête pour déceler par quel bout il convenait de la prendre. J'enregistrai tout son qu'elle émettait et ce son m'accompagnait jour et nuit. Ce fut une longue lutte, tant contre la bête que contre moi-même, mais elle aboutit à un triomphe.

À dire vrai, il me faut reconnaître que ce fut un échec si je n'oublie pas que mon intention première avait été d'enseigner l'italien à Argo. Argo n'apprit jamais à dire un seul mot dans cette langue. Mais qu'importe ? Il s'agissait de s'entendre et, en conséquence, il n'y avait que deux voies possibles : Argo devait apprendre ma langue, ou bien moi la sienne ! Comme il était facile de le prévoir, des leçons que nous nous donnions réciproquement, l'être le plus évolué s'en tira mieux. L'hiver était encore à son summum que je comprenais déjà le langage d'Argo.

Il n'est pas dans mes intentions de l'enseigner au lecteur et de toute manière je ne dispose pas de signes graphiques pour le noter. D'ailleurs, pour ce qui est du chien, l'important n'était pas sa pauvre langue mais son véritable caractère que je fus le premier en ce monde à entrevoir. Rien que d'en parler j'en suis fier comme peuvent l'avoir été ceux qui découvrirent avant moi d'autres parcelles de nature : Volta, Darwin ou Colomb. Argo me transmit ses messages avec douceur et résignation. Je les rassemblai et les laissai tels quels dans leur forme originale de monologues, étant donné que je ne fis pas des progrès suffisants dans cette langue pour être en mesure de les discuter avec lui.

J'admets que par-ci, par-là, j'ai peut-être mal interprété les dires d'Argo, mais je ne pense pas trop. Je puis m'être mépris sur certains mots mais nul doute que j'ai deviné exactement leur sens général. Malheureusement il m'est impossible de faire appel au témoignage d'Argo lui-même, car la pauvre bête ne vécut que jusqu'à l'été : elle creva de neurasthénie aiguë. Mais tous ceux qui connurent Argo le reconnaissent dans ce recueil de ses mémoires.

Les détails n'ont aucune importance et s'ils en ont je ne saurais qu'en faire. Je donne ce dont je dispose. La langue des chiens est moins complète que la plus pauvre des langues humaines.

Lorsque je l'incitai à philosopher (il est certain qu'Argo est le premier philosophe de sa race) j'obtins de lui cette phrase futuriste : les odeurs au nombre de trois équivalent à la vie. Pendant des jours j'insistai pour en avoir le commentaire et n'en obtins jamais que la répétition. La bête est parfaite et non pas perfectible. Celui qui l'étudie doit savoir progresser dans sa tâche. Je notai la phrase telle quelle et allai de l'avant. Ayant eu par la suite d'autres messages de sa part, quelque lumière en jaillit et je pensai avoir compris. Il divise la nature en trois classes, car pour lui le nombre mathématique maximal est le trois, puis il en cite cinq et il ressort de ses exemples qu'il y en a beaucoup plus. Je crois que c'est là, la vraie, la grande sincérité philosophique.

Il faut noter le fait curieux que toutes les communications que me fit Argo se réfèrent à notre séjour en montagne. La vallée où il avait vécu jusqu'à peu de mois auparavant semble être entièrement oubliée puisqu'il ne mentionne jamais d'autres personnes à part moi, la vieille Anna, et quelques autres hommes avec leurs chiens qu'il a connus ici. Et pourtant, lorsqu'on retourna dans la vallée, il montra qu'il reconnaissait les vieux amis. Il n'oublie pas et ne se rappelle pas non plus. Il garde tout en réserve.

Voici ce qu'Argo m'a communiqué. J'y ai ajouté quelques observations entre parenthèses à votre intention, qui n'étaient peut-être pas indispensables.

I

Il existe trois odeurs en ce monde : l'odeur du maître, l'odeur des autres hommes, l'odeur de Titi, l'odeur des différentes races d'animaux (les lièvres qui sont parfois mais rarement grands et cornus, les oiseaux et les chats) et enfin l'odeur des choses. L'odeur du maître, celle des hommes, de Titi et de toutes les bêtes est une odeur vivante et brillante tandis que celle des choses est terne et noire. Quelquefois les choses ont l'odeur des bêtes qui les ont traversées, surtout si elles y ont déposé quelque chose, mais autrement les choses sont muettes. Nous autres chiens, nous aimons faire du bien aux choses. L'odeur du maître, tout le monde la connaît et il n'est pas nécessaire que j'en parle. Gare si une telle odeur n'existait pas en ce monde. Argo serait tenté de faire ce qui lui chante, ce qui serait mal. Cette odeur rassure, guide et protège. Titi dit pareil de l'odeur de son maître mais je ne la crois pas. Par ailleurs, je sais que même la vieille Anna obéit à mon maître. La vieille Anna aussi a une odeur qui n'existe nulle part ailleurs. Lorsqu'elle vient dans la cour avec une grande écuelle débordante de pâtée, j'attends qu'elle la pose pour lui faire fête. Puis, lorsque j'arrive à mettre le nez dans l'écuelle, celle-ci est bien à moi. Gare à qui y touche. Même si c'est Anna qui s'approche je gronde. C'est ainsi que je suis parvenu à toujours garder toute l'écuelle pour moi. La vie est ainsi faite : il faut d'abord prier pour obtenir les choses et puis montrer les dents pour les conserver.

Les hommes dégagent un grand parfum, et ils sont grands, mais il y a des animaux qui sont petits et qui ont une forte odeur et c'est une odeur qui ne trompe pas. La petite chienne Titi est dotée du grand parfum de la vie et de l'amour. Deux Titi superposées n'arriveraient pas à la tête, si elle est dressée, d'Argo. Et pourtant, petite comme elle l'est, elle représente quelque chose de très important en ce monde et dans la vie d'Argo. Le maître, qui d'ailleurs est fait comme moi, ne court pas après Titi et je le laisse auprès d'elle sans crainte. Son odeur me le dit et il n'y a plus aucun doute : l'odeur ne ment pas. Gare si les choses n'étaient pas ainsi et que le maître prenait quelque intérêt à Titi : ce ne serait plus le maître mais un objet à mettre en pièces. Gare !

II

Un jour je sentis dans l'air une odeur de proie. L'odeur ne révèle pas tout de la proie mais dès qu'Argo l'a flairée il se précipite de désir ou hurle de peur. Il n'a pas besoin de voir l'animal pour se préparer à la lutte ou bien au plaisir. Il est immédiatement prêt. Et ce jour-là je courus, stimulé par le désir. Anna me cria de m'arrêter mais je ne connais pas d'hésitations lorsque la proie m'appelle, si le maître n'est pas là pour me retenir.

Curieuse proie que celle-ci ! Elle ne livrait son odeur qu'au vent. En général toutes les choses stupides s'en imprègnent car la bête en passant laisse des signes partout. Elle tremble, elle palpite sur les brins d'herbe et s'exhale de la terre nue, cette odeur. Lorsque le maître est présent, il encourage, mais moi je sais mieux que lui qui titube sur deux jambes seulement alors que j'en ai trois. Puis c'est moi qui découvre la proie que j'ai rejointe et le maître l'abat. Et la proie gît là. Avant, elle savait retenir une partie de son odeur dans son sac de peau et de poils, mais à présent que le sac est déchiré, la bête est sincère. Elle communique à la terre et à l'air tout d'elle-même et autour d'elle tout s'anime.

Comme je courais ce jour-là, je sentais que je poursuivais une bête déjà sincère, ce qui m'étonna car les bêtes sincères ne peuvent plus courir. Un homme et un autre tout petit cheminaient sur la route. Je les dépassai et perdis la trace ! Le vent était vide et muet. Je revins sur mes pas et ne retrouvai la trace que lorsque je fus derrière les deux hommes. Manifestement l'odeur de proie se dégageait de l'un d'eux. En effet, une besace pendait sur le dos du plus grand des deux et de cette besace saillait la tête ensanglantée d'un lièvre. Bien sûr c'est toujours moi qui lève le lièvre et d'autres le prennent, mais celui-ci je ne l'avais même pas levé et c'est pourquoi je savais parfaitement qu'il n'était pas à moi.

Toutefois, il n'y avait aucune raison pour ne pas en jouir. Je me mis à sautiller autour des deux hommes et le plus petit des deux me fit une caresse.

En même temps que l'odeur de la proie je reniflai son odeur à lui qui devenait toujours plus amicale et bienveillante et je les suivis. J'eus quelque hésitation, d'autant plus qu'il me sembla entendre mon maître siffler à un certain moment, mais son odeur n'était pas présente et je pouvais m'être trompé.

Le petit homme à l'odeur plus douce continuait à me caresser affectueusement et ces caresses accompagnaient son odeur. Et même, les caresses et l'odeur finirent par devenir une seule chose. De la même manière que se confondaient l'odeur de nourriture et celle de la vieille Anna. Nous avancions ensemble, toujours plus loin. J'étais certain que, puisque mon maître ne me l'interdisait pas, rien n'empêchait que je suive mon petit grand ami. Et l'on descendit, et l'on remonta, et l'on traversa un bois, et là je découvris un nouveau parfum. Ce n'était pas la bête qui gisait dans la besace car elle était suspendue en l'air tandis que la nouvelle odeur avait coloré tout le sentier où elle se tenait immobile. Je me dis : « Dommage que mon maître ne soit pas ici ! » Mais pourquoi n'était-il pas venu ? Je fis sortir la bête du fourré de broussailles et l'homme, d'un coup bien visé, la figea et la mit dans sa besace avec l'autre.

À présent on était encore plus joyeux d'être ensemble et Argo fut caressé par le plus âgé des deux hommes. Puis on arriva dans une maison où se trouvait aussi une vieille Anna à l'odeur de nourriture et on m'en donna en abondance. Ils ne me permirent pas de visiter toute la maison et me confinèrent à la cuisine. Un peu plus tard le petit homme m'apporta du fourrage et j'eus une couche assez commode. Cependant je fus incapable de m'endormir. Et dans le noir, livré ainsi à moi-même au milieu d'odeurs complètement nouvelles, je me mis à hurler : j'appelai mon maître et la vieille Anna aussi. C'en était fini de mon équipée maintenant. Pourquoi ne venaient-ils pas ?

À leur place, ce fut le plus grand des deux hommes qui vint. Je me dressai pour lui faire fête. Un revers de la main me renversa sur la litière et je compris qu'il voulait que je me taise. Je continuai à gémir dans mon for intérieur et demeurai seul et silencieux pendant un long moment. On se sentait déjà mieux dans cette cuisine et son odeur me semblait plus agréable. Les coups habituent à tout. La porte s'ouvrit de nouveau et le petit homme, le plus amical des deux, vint me voir. Il entoura mon cou de ses bras et posa sa bouche sur la mienne. J'aspirai avec volupté l'odeur amie. Puis il me donna un petit morceau de viande de choix. Le morceau m'apparut vraiment petit et je me mis à faire fête au pourvoyeur pour qu'il m'en donne davantage. Et, à force de lui faire fête pour l'encourager à la générosité et rendre la joie plus grande, je me mis à japper. Le petit homme s'enfuit et me claqua la porte au nez. Et alors, en dépit du fait qu'il est si difficile de s'apaiser en un lieu étranger, je m'endormis. Je rêvai que je n'avais plus un seul maître, mais deux et que chacun se dirigeait d'un côté de sorte qu'il m'était impossible de faire face à mon devoir vis-à-vis d'eux en les suivant tous les deux. Un peu plus tard la même chose se produisit avec la proie. Il y en avait tant, que l'air en criait. Le parfum était partout, devant moi, derrière, des deux côtés, et moi je ne pouvais courir et je souffrais horriblement.

Le lendemain matin mon maître arriva. Dès que je l'entendis je devinai que j'avais mal fait. Je m'approchai de lui, rampant sur le ventre en signe de repentir. Puis je me jetai sur le dos, les quatre fers en l'air, pour qu'il sache que je ne désirais ni m'enfuir ni me défendre. Il m'administra une volée de coups de bâton qui me firent hurler. Puis les coups cessèrent, ce qui est une grande joie. Et lorsqu'on prit le chemin de retour à la maison je suivis mon maître, heureux de ne plus être déchiré par aucun doute. Avoir deux maîtres n'eût pas été une bonne chose.

Je revis à plusieurs reprises l'homme et le petit homme car ils demeuraient du côté de chez Titi. Je ne les suivis jamais plus car on peut oublier les odeurs mais pas les bastonnades.

III

Une odeur qui n'a pas sa pareille, c'est celle de Titi, car elle est unique au monde. Elle est unique car c'est une odeur que l'on sent même quand l'être dont elle se dégage n'est pas présent et n'est jamais passé en ce lieu.

Je me rappelle qu'un soir j'étais enfermé à la cuisine avec la vieille Anna qui se pelotonnait près du feu. Pour vaincre l'ennui, j'évoquai mes courses dans la montagne avec mon maître ou bien tout seul. Des odeurs de proies et d'hommes me revenaient à la mémoire et je me tenais tranquille, me délassant et observant Anna. Soudain je me souvins qu'une fois, alors que j'étais en train d'épier l'odeur d'un lièvre (un vrai sentier fait par la proie), je tombai par hasard sur Titi que la même odeur avait attirée, car Titi et moi aimons les mêmes choses. Naturellement l'odeur de Titi couvrit par son intensité celle du lièvre qui, du coup, fut laissé en paix. Cette réminiscence entraîna chez moi une telle agitation qu'il me fut impossible de me tenir tranquille dans cette cuisine car l'odeur de Titi y avait pénétré à travers les portes et les fenêtres closes. Je m'élançai vers la porte pour aller rejoindre Titi qui devait sûrement se trouver dans les parages. La vieille Anna crut tout autre chose et m'envoya dehors. L'odeur de Titi était diffuse en plein air comme dans la cuisine. Le vaste espace entier parlait d'elle. Je reniflai les choses les plus stupides, et elle y était ; le vent me l'apportait et je l'affrontai pour me rapprocher de l'être aimé. Mais cette fois la trace faisait défaut car le parfum provenait aussi bien de droite que de gauche. Tant d'effluves et Titi n'était pas là.

Titi est un être bizarre et elle me rend fou. Quelquefois je sens qu'elle est aussi une proie, mais c'est la seule que je ne voudrais pas voir sincère. Qu'elle conserve intact son sac de peau et de poils si doux à lécher. Je ne la mords pas, et ne remue pas la queue en sa présence, mais je crois que j'ai envie de faire les deux choses à la fois ou de faire une troisième que je ne puis définir. Pour sa part, elle se dérobe toujours, alors que je ne lui ai jamais fait aucun mal que je sache. Il paraît qu'elle se met à rire lorsqu'elle me laisse tout seul, la langue pendante.

Un jour, je suivais mon maître qui se promenait à pas lents lorsque je tombai sur Titi. Ce fut une grande joie et lorsqu'une joie arrive ainsi à l'improviste, il est difficile d'y croire. Je m'approchai d'elle pour m'assurer qu'il ne s'agissait pas d'une illusion. C'était bien elle, la source même des effluves qui m'enivrent. Mon maître s'était arrêté pour parler avec une dame (Argo dit ici que je flairais cette dame mais ce n'est pas vrai et je rectifie sans hésitation. Il s'agissait aussi d'une dame très âgée). Je perdis de suite la tête car Titi paraissait plus gentille et plus docile que d'ordinaire. Je me disais : « Jamais je ne me passerai de toi ! » Je la saisis vigoureusement mais reçus aussitôt un coup de bâton qui me fit hurler. Je ne libérai pas immédiatement mon amour, au contraire, je renforçai mon étreinte sachant que Titi ne recule pas devant la lutte. Toutefois, je tournai mon museau pour découvrir l'ennemi. Ce devait être mon maître. Je m'en étais douté mais n'avais pu détecter son odeur. Je jure qu'à ce moment-là il n'y avait nulle autre odeur que celle de Titi. Je grinçai des dents sans hésitation ni retenue comme il se doit devant un grand danger. Les coups de bâton pleuvaient et finirent par me renverser avec Titi. Même sur le sol je ne lâchai pas ma proie, mais celle-ci avait dû recevoir une partie des coups qui m'étaient destinés et, s'étant soustraite à mon étreinte, elle s'enfuit la queue entre les jambes. Je grondai et hurlai. Souffrant des affres de l'amour et de la douleur, je n'arrivais pas à me redresser. Finalement je retrouvai l'odeur de mon maître. À présent elle se dégageait entièrement et je ne comprenais pas où il l'avait gardée jusque-là. Je me blottis humblement à ses pieds et le laissai me battre comme il devait croire que je le méritais. Mais si pour sa part il ne veut rien entendre de Titi, pourquoi doit-il m'empêcher moi ? Viendra le moment où il sera absent et alors il s'en moquera comme il s'en moque toujours quand il n'est pas là.

IV

Argo est le seul à souffrir. Dans le monde entier qui est beau et brillant, il n'existe pas d'autre souffrance. Les odeurs ne souffrent pas et les bêtes ont toujours la même odeur, qu'elles soient sincères ou recouvertes ; c'est pourquoi elles ne souffrent pas.

Lorsqu'elles sont sincères leur odeur devient intense...* Comme Argo en revanche est différent chaque jour !

Je meurs d'ennui lorsqu'on m'enchaîne. Le vent déferle sur le mur d'enceinte et je sens des odeurs indistinctes qui crient toutes ensemble et font un tintamarre à me rendre fou. Oh ! si seulement je pouvais arriver là où sur le mur les parfums sont encore séparés ! Argo a besoin de savoir. Il n'est pas un chat à qui il suffit de se cacher. Pour tromper l'ennui, je flaire la chaîne et la niche et j'apprends ce que malheureusement je savais déjà, c'est-à-dire que je me suis déjà trouvé dans cette niche avec cette chaîne. Et alors je pleure de plus belle : pour le passé et pour le présent. Ce n'est pas une odeur que je communique aux choses mais elle est cependant manifeste. Elles disent : « Te revoilà ! Encore toi ! » Moi je hurle, enchaîné ainsi. Je crie aux hommes de me rendre la liberté et aux parfums de descendre jusqu'à moi. Les hommes et les parfums qui ignorent la douleur font la sourde oreille.

La chaîne et la muselière ne sont que pour Argo. La muselière est un morceau de proie qui n'est ni recouvert ni sincère. Je ne sais ce que cela peut bien être. Pour sûr c'est une muraille placée entre moi et l'univers, un brouillard qui enveloppe la vie et la rend moins nette.

C'est tout à fait vrai que près de notre maison il y a un chien qui est enchaîné du matin au soir. Mais il n'en souffre pas ! Étrange bête que celle-là ! Je ne connais pas son nom et je crois qu'il n'en a pas. À quoi un nom lui servirait-il, certain qu'il est qu'il ne

---

* Dans le manuscrit on a à la suite « et s'accompagne... » (*N.d.T.*)

viendrait à l'esprit de personne de l'appeler puisqu'il ne pourrait accourir ? Il passe une grande partie de la journée à dormir. Lorsqu'il est réveillé il s'éloigne de sa niche autant que la longueur de la chaîne le lui permet et semble tout content de rester planté là sur ses pattes de derrière et d'observer toutes les choses qui n'ont pas de chaîne.

Il ne voit rouge que lorsqu'il m'aperçoit parmi ces choses-là. Je ne crois pas qu'il me déteste. La pauvre bête ne connaît rien de mieux et croit que la chaîne est une nécessité pour tous les chiens. Elle pense que c'est une loi. En général je passe à côté de ce chien sans lui jeter un regard mais un jour que je me trouvais avec mon maître il se mit à hurler et j'eus peur que mon maître n'écoute son conseil de m'enchaîner aussi. Je l'assaillis et, pour le faire taire, plantai mes crocs dans son cou. Je me retrouvai avec le museau plein de poils et rien d'autre, de sorte qu'il put se dégager et me renverser. Par bonheur je parvins à faire un tel bond qu'il lui fut impossible, retenu par la chaîne comme il l'était, de me rejoindre. Alors, de loin, je lui hurlai des menaces et des malédictions tandis qu'il déversait toute sa haine sur moi qui étais libre. À présent, chaque fois que je passe à côté de lui je le provoque, à une distance respectable, pour lui faire sentir le désavantage d'être enchaîné. Il en perd la voix de fureur. Moi je ne m'approche pas plus que de raison. À quoi bon ? Laissons-le rester maître de son territoire. D'autre part il est très fort et son cou est protégé par trop de poils. Je ne comprends pas comment il a pu me renverser avec une telle facilité. Il a dû s'aider de la chaîne.

Argo connaît aussi d'autres souffrances dont le reste du monde ne sait ni ne sent rien. Lorsqu'il voit son maître qui caresse un autre chien, il aime son maître plus que d'ordinaire mais c'est un amour empreint de douleur. Pourquoi caresse-t-il d'autres chiens ? Ne m'a-t-il pas moi ? Peut-être le fait-il pour qu'Argo soit plus gentil et, en effet, s'il devait me demander quelque chose à ce moment, je serais plus empressé que d'habitude à lui obéir. Mais il m'ignore totalement et caresse l'autre. Ma haine envers cet autre est chargée elle aussi de douleur. Il m'est interdit de le mettre en pièces car mon maître est présent et de plus je ne tiens pas à lui montrer ma colère car il pourrait s'en réjouir. Je me faufile entre l'intrus et mon maître pour les séparer, car je souffre moins lorsqu'ils sont loin l'un de l'autre, et je me glisse entre eux comme par hasard. Mon maître me chasse mais je m'obstine à envahir ce petit bout de terrain, et je remue la queue simulant une joie que je suis bien loin de ressentir. Parce que c'est cela la douleur : je voudrais hurler pour soulager mon cœur mais alors je peux dire adieu à l'espoir d'éloigner cette vilaine bête de mon maître. Il faut dissimuler la douleur et se faire accepter de nouveau. Puis, quand l'autre est finalement parti, je retrouve entièrement mon maître et son odeur. L'autre ne l'a pas emportée. Et je me dis : « C'était donc stupide de souffrir ! » Mais la fois d'après la même chose se reproduit car Argo est fait pour souffrir.

Néanmoins, il est également vrai qu'Argo est le seul qui sache vraiment rire et jouir de tout. Lorsqu'on sort se promener, mon maître et moi, surtout si on vient de me retirer ma chaîne, tout mon corps est en joie. Je sais que lorsque mon maître veut rire, il plisse les yeux et ouvre la bouche. Mais chez moi la joie est une autre chose. Elle me jette de-ci, elle me jette de-là, et je fais sans efforts des bonds énormes. Quelquefois, pas même la plus douloureuse des bastonnades ne parvient à freiner la joie de la liberté en compagnie de mon maître. Quand je suis seul, la joie est pareille mais je bondis moins. Mes bonds sont destinés à mon maître afin qu'il se réjouisse avec moi et comprenne qu'il ne faut pas m'enfermer.

Que la route est belle avec tout ce monde ! Cette pierre a reçu la visite de Titi et à travers le parfum qui s'en dégage je la vois et l'embrasse. Je lorgne mon maître pour voir s'il a compris. Il doit ne pas connaître cette odeur car il ne me frappe pas. Puis j'oublie Titi parce que je sais qu'en compagnie de mon maître il n'y a aucun plaisir à penser à elle. Une proie a laissé un sillage à travers la route. Le maître me regarde et puis me rappelle car il n'a pas son fusil avec lui. Que de chiens sont passés sur cette route aujourd'hui ! Trois ! Au pied de ce tronc l'un deux a laissé son bon souvenir. Où es-tu à présent, ami inconnu ?

Mais mon maître chemine au milieu de la route sans dévier d'un pas pour épier les parfums. Ses sens sont plus aigus que ceux d'Argo et il n'a pas besoin de s'en approcher pour en jouir.

V

Non loin de notre maison se trouve un grand ravin profond près duquel j'aime bien me reposer. Un jour je vis, de l'autre côté qui est le plus escarpé, un homme qui descendait, descendait, de plus en plus vite. Il ne marchait pas sur ses jambes. Il s'arrêta devant un roncier. Il ne cria pas, sinon j'aurais grondé, mais il resta là, hésitant. Puis il arracha la ronce à laquelle il s'était accroché et disparut dans le fond. J'entendis clairement le bruissement des feuilles et des broussailles sur son passage. Je voulus le suivre pour voir ce qu'il faisait dans ce lieu que je considérais comme mien. On m'appela à ce moment et je n'y pensai plus.

Mais le jour suivant je sentis que l'homme en bas puait comme une foule de bêtes tuées. Il gisait sûrement dans son propre sang. Mon maître, qui flairait sans doute comme moi, ne voulut rien entendre. Après un jour ou deux, la puanteur criait et parvenait jusqu'à ma chaîne qui m'apparut plus fâcheuse encore que d'habitude et lorsque Anna me libéra, je résolus de satisfaire ma curiosité. Je ne me souciai pas de ma pâtée déjà prête et me précipitai au ravin. Anna criait et je crois que mon maître aussi me sifflait mais je n'en suis pas certain. Je descendis dans le ravin et tandis que je sautais de pierre en pierre, je sentais toujours plus nettement l'homme et son sang. Finalement le voilà, la tête ouverte. Je me mis à aboyer de plaisir, mais j'entendis alors clairement mon maître me siffler d'une manière impérieuse. Aucune erreur possible cette fois et je devais obéir. Mais avec quelle douleur après tant d'efforts! J'étais sur le point de remonter lorsque j'aperçus, souillé de sang, le béret de l'homme. Je le saisis dans mon museau et la longue montée me devint plus facile ainsi car l'odeur m'appartenait. Mon maître semblait impatient mais il ne me battit pas. Il prit le béret dans sa main pour mieux le flairer et moi je pensai qu'il était en train d'analyser cette odeur pour savoir ce que j'avais fait et si je méritais des coups de bâton. Mais moi je ne pouvais interdire à cet homme d'entrer dans un lieu à nous, et mon maître le comprit. En effet il ne me battit pas! Il refusa de me rendre le béret qu'il garda comme s'il lui revenait, comme si c'était une pièce de gibier.

Le jour suivant je pus échapper de nouveau à la vieille Anna et je retournai au ravin. Il y avait quelque chose de nouveau. L'odeur était répandue maintenant tout le long du sentier par lequel j'étais descendu la veille, chose que je découvris déjà sur la route principale où il y avait même une tache de sang. Nul doute que cet homme s'était enfui ! En effet, il n'était plus au fond du ravin, il ne restait que son sang qu'il n'avait pu emporter avec lui. Je remontai en suivant la trace de cette odeur et j'étais si absorbé par mon travail que je n'entendis pas mon maître me siffler. Sur la route je demeurai perplexe, ne sachant pas si l'odeur tournait à droite ou à gauche. Mais là-haut je me trouvai soudain nez à nez avec mon maître. Il ne me frappa point ! Au contraire, il plissa les yeux et ouvrit la bouche. Et moi, dans la joie, j'oubliai l'homme et le béret et bondis en jappant autour de mon maître qui me caressa. C'est ainsi que j'appris que, même après leur mort, certaines bêtes peuvent encore s'enfuir.

VI

Comme l'air est varié ! Sur ce rocher doit se trouver un grand oiseau mort, déchiqueté par une balle. Je ne comprends pas pourquoi il est allé exhaler son parfum là-haut. J'aurais aimé grimper jusqu'à lui et je tentai de le faire mais on m'appela. Les hommes qui peuvent sentir de loin ne savent pas qu'il me faut m'approcher des objets pour mieux les comprendre.

Mon maître tira un jour sur un tout petit oiseau et je le lui apportai. Il palpitait encore allégrement dans mon museau mais il était si minuscule qu'on eut dit un petit tas de plumes animé. Mon maître le prit dans sa main et le jeta. Puis la neige se mit à tomber et nous ne sortîmes plus pendant plusieurs jours. Lorsque nous repassâmes par l'endroit, je dégageai de la neige le petit oiseau dont l'odeur m'avait attiré par-delà l'épais manteau qui le recouvrait. Je le saisis dans mon museau et l'apportai triomphalement à mon maître. Mais mon maître ne voulait pas que cette odeur fût retirée de là et il me battit jusqu'au moment où j'ouvris mon museau et lâchai ma proie.

Lorsque mon maître était absent, et qu'alors il s'en moquait pas mal, je retournais auprès du petit oiseau. Il n'était plus que plumes, et sa petite tête arrondie, dépourvue d'yeux, était penchée dans le repos. Il sentait comme de son vivant, mais tellement plus fort ! Bien sûr qu'à présent sa vie est plus forte et qu'il se recueille dans le repos pour former un oiseau plus grand. Il ne sera plus le petit oiseau au vol si délicat qu'une petite balle de plomb, déviée par une branche d'arbre, pouvait interrompre. Ce sera un oiseau énorme et un jour il prendra son envol, portant dans les airs sa vive douleur. Et pour l'abattre, une petite balle ne suffira plus, mais il faudra le frapper au cœur comme mon maître sait le faire. Il tombera alors, les ailes repliées et la tête baissée sous son corps, pour chercher un nouveau repos et une nouvelle vie.

VII

L'homme est un animal bien plus simple que le chien parce qu'il sent davantage et plus facilement. Lorsqu'il rencontre un autre homme il lui touche la main et on dirait presque qu'il ne se soucie pas de ce qui se trouve derrière cette main. Argo, au contraire, lorsqu'il rencontre un autre chien, approche prudemment la partie garnie de crocs de son propre corps de la partie éloignée des crocs de l'autre, et renifle. Il surveille et menace aussitôt. Puis l'autre, si c'est un bon diable, doit témoigner sa confiance en laissant Argo examiner son dos en entier. Enfin, Argo trouve équitable de se soumettre à son tour à la même opération. La difficulté surgit lorsque ni l'un ni l'autre ne veut être le premier à se livrer sans défense à l'examen, et que l'on finit par se mordre mutuellement. Quelquefois même, l'examen, commencé avec une bienveillance réciproque, peut mal tourner. Il est difficile alors de dire pourquoi la lutte s'est engagée. Il s'agit d'une odeur ennemie qui envahit soudain le nez et bouleverse l'esprit par la haine qu'elle suscite. « Je te trouve enfin ! », pense-t-on en assaillant avec volupté. On est dans le doute si c'est bien de cet ennemi-là qu'il s'agit mais l'odeur est précisément celle-là : ennemie et désagréable. Et lorsque l'odeur se dégage, on ne peut se tromper, ou du moins il faudrait trop de temps pour s'en aviser alors qu'il n'est guère prudent d'attendre que l'on soit attaqué. L'odeur parle clairement : elle impose d'agresser et fait même prévoir l'agression imminente, ce qui revient au même. D'ailleurs, quand on commence à se mordre, les doutes se dissipent. Peut-être que les blessures servent à clarifier. Le sang qui jaillit crie ses intentions.

Un jour je terrassai un chien et je l'aurais étranglé si son maître n'était survenu. Je rencontrai ce chien de nouveau, une fois que mon maître était absent, et je l'aurais volontiers assailli. Mais il se jeta à terre, les pattes en l'air, et je l'épargnai, trouvant que son odeur avait changé, ce qui prouve qu'une bonne leçon est utile aux odeurs aussi. Depuis lors, toutes les fois que je le rencontre, il se laisse humblement examiner par moi et je trouve son odeur amicale et bonne. Mais je ne me laisse plus flairer par lui. Cela ne rime à rien et ce serait dangereux parce que je sais que mon odeur ne s'est pas modifiée.

Le chien de berger, qui passe chaque jour par ici, se mit à m'en vouloir, me renversa, et m'aurait mordu dans le cou si nos deux maîtres n'étaient intervenus. Je me redressai tout meurtri et hurlai à perdre haleine devant l'injustice qui m'était faite. Je pensai que je trouverais bien l'occasion de me venger car je ne craignais pas ce chien et je pouvais certainement me défendre encore. Quelquefois c'est une bonne ruse de guerre que de se laisser renverser et se trouver sous l'adversaire pour le mordre d'une manière efficace. Mais au contraire, je pensai à part moi, quand je le revis, que cela ne menait à rien de lutter avec lui. De l'odeur puissante qu'il dégageait je déduisis un désir de protection plutôt que de lutte. Il est évident qu'il faut obéir aux odeurs et je me jetai sur le dos, les pattes en l'air, sachant bien qu'il ne m'attribuerait aucune malice. En effet, il me laissa tranquille mais n'admit point que je l'examine à mon tour. Cela ne rimait à rien effectivement ! J'avais tout de même pu m'assurer déjà qu'il était dénué de malveillance.

VIII

Nous eûmes une visite : un chien perdu ! Il me raconta qu'il lui arrivait souvent de ne pas manger mais que chaque jour il courait libre comme l'air, à l'aventure. Ce doit être bien beau de pouvoir aller toujours plus loin, à la poursuite des parfums, mais moi je ne puis imaginer le monde sans mon maître et pour courir à l'aventure il faudrait que je l'abandonne étant donné que les hommes bougent peu et attendent que les parfums viennent à eux.

Plaisant compagnon que ce chien blanc, petit, au poil frisé. Il est vrai que tant qu'il était là j'étais tenté de le mordre parce qu'il se faisait caresser par mon maître. Mais lorsqu'il partit je me retrouvai très seul et je désirais tellement qu'il fût de nouveau près de moi que, s'il était revenu, je ne l'aurais plus empêché de me voler mes caresses. Il était fait pour jouer. Il se laissait renverser sans opposer la moindre résistance, ayant découvert que c'était bien moins fatigant, et puis il se renversait aussi tout seul en trébuchant contre tous les obstacles que nous avons dans la maison. Il n'était pas accoutumé aux obstacles car notre maison est moins simple que le bois.

Une autre chose à laquelle il n'était pas accoutumé, c'était de se retenir de répandre des parfums dans toute la maison. On lui en donna des volées de coups de bâton ! Et l'imbécile n'arrivait pas à comprendre de quoi il s'agissait ! Ayant essuyé une belle bastonnade parce qu'il avait choisi un coin de la chambre pour faire ses besoins, il s'installa la fois suivante au milieu de la pièce. Ce fut pire ! Il finit par ne plus oser, même en plein air, quand mon maître le regardait. « Comment est-ce que tu t'arranges, toi ? », me demanda-t-il, fort préoccupé. « Si ça continue comme ça, j'ai beau me trouver bien ici avec vous, il faudra que je décampe car chez moi c'est une chose très impérieuse. » Je lui expliquai que mon maître ne voulait pas de cela dans son gîte mais que si c'était fait dehors, cela lui plaisait. Il refusa de me croire. Il arriva qu'un jour il dut quand même s'installer en plein air en présence de mon maître. Il ne pouvait plus se retenir ! Au moment de se libérer, il allongea le cou pour surveiller le maître de plus près, se tenant prêt à détaler, ce qui représente un effort difficile lorsqu'on est cloué dans un endroit.

Puis, s'étant assuré de la loi, il me demanda des éclaircissements et, chose curieuse, je fus incapable de lui en fournir. J'étais certain que dans le gîte on ne devait pas (et jamais, au grand jamais Argo ne l'eût fait) et que dehors c'était permis. Puis avant de partir, mon ami qui y pensait souvent devina : dans le gîte les parfums n'étaient pas nécessaires car dans cet espace réduit il est très facile de se diriger et de découvrir les choses sans leur aide. Les parfums n'étaient utiles qu'au grand air et mon maître veillait à ce qu'ils ne fussent pas gaspillés.

IX

La grande différence entre l'homme et le chien tient au fait que le premier ne connaît pas le plaisir que l'on éprouve lorsque les coups cessent de pleuvoir. Un jour nous nous promenions tranquillement lorsqu'une femme, qui avait accompagné jusque-là mon maître, se mit à le battre avec son parapluie. Je grinçai des dents et voulus la mordre, mais mon maître m'en empêcha et, me tenant par le collier, piqua une course. La femme ne parvint pas à nous rejoindre et je me mis à sautiller autour de mon maître pour m'associer à sa joie. Mais il me battit violemment avec son fouet. Puis il s'arrêta, et il me sembla que le moment était venu pour que nous fêtions tous deux la fin des coups. J'en reçus d'autres, au contraire, et dus en déduire que lorsque les hommes ont été battus, ils veulent qu'on les laisse tranquilles.

Entre le chien et l'homme il y a une autre grande différence. L'homme change d'humeur à tout instant comme un lièvre rusé change de direction. Alors qu'il faut bien autre chose pour faire changer d'humeur à un chien. Quelquefois Argo est joyeux et aime tout le monde. Il coupe l'air de sa queue car il est dénué de tout soupçon et sait que personne ne veut le saisir par cette partie sans défense de son corps. Puis un doute l'assaille : y aurait-il quelqu'un qui ne l'aime pas ? Mais le doute est maîtrisé par sa queue qui crie au vent : « Tout va bien ! Tout le monde est ami ! » Il est difficile de la freiner si l'évidente nécessité de la cacher entre les jambes ne vient à se présenter. Mais l'homme est un animal malheureux parce qu'il n'a pas de queue.

Un jour, après le repas, mon maître et moi étions tranquillement installés dans notre gîte lorsque la vieille Anna vint annoncer une visite. Le maître se mit à crier, je ne sais si c'était de plaisir ou de mécontentement. Je le sus, ou crus le savoir, bien vite. Dans le doute je m'étais mis à remuer la queue en lui tournant autour et il me donna un coup de pied. Cela me parut fort raisonnable car ainsi seulement je pouvais savoir de quelle humeur il était, et je me retirai à l'écart.

On alla au jardin à la rencontre des visiteurs et je suivis mon maître, naturellement à une distance raisonnable. Et même, si j'avais pu, j'aurais avisé de cette humeur les deux visiteurs qui étaient un homme et une femme.

À ma surprise je vois mon maître s'élancer à leur rencontre, s'incliner devant eux et même ouvrir la bouche et plisser les yeux, comme il a l'habitude de le faire lorsqu'il est gai, étant donné qu'il n'a pas de queue. Il était évident que son humeur avait changé du tout au tout et pourtant je pouvais jurer que rien de nouveau ne s'était passé. Je ne vis nulle raison pour ne pas fêter un changement aussi favorable et me précipitai pour prendre part à la fête et rappeler à mon maître qu'ayant reçu un coup de pied j'avais à présent besoin de caresses. Mais, au contraire, il me flanqua un coup de pied encore plus violent que le précédent et ma surprise fut égale à la douleur ressentie.

Je le suivis de loin et ne pouvais croire à ma malchance car il avait déjà recommencé à ouvrir la bouche et à plisser les yeux en parlant avec ses visiteurs. N'était ce coup de pied qu'il était cependant impossible d'oublier, on eût pu croire qu'il nageait dans la joie et la bonté. Et je le suivis de loin, incapable de croire à mon infortune. Je le regardais rire, et sourire, et faire des courbettes, et je me persuadai toujours davantage qu'il ne s'agissait de rien d'autre que d'un malheureux malentendu. Moi je ne peux pas vivre fâché avec mon maître et, après une légère hésitation, je grimpai timidement sur lui pour m'approcher de la partie la plus joyeuse de son corps, son visage. Il me renversa d'un violent coup de poing et se remit aussitôt à remuer la queue avec les autres. J'en fus fort abattu. Il changeait d'humeur à l'instant où j'arrivais.

Lorsque les deux visiteurs s'en allèrent, j'accompagnai mon maître, à une distance raisonnable, jusqu'à la porte. Je vis celle-ci se refermer sur ces deux importuns et ne pus me retenir de gronder. Cette visite m'avait coûté trop cher et je détestais ces gens-là. Mon maître s'approcha aussitôt de moi, et moi, craignant qu'il voulût me punir de cette menace à ses amis, m'affalai à plat ventre pour éviter de tomber s'il devait me battre. Ce furent, au contraire, des caresses et des caresses. Personne ne croira jamais que cette histoire est vraie et pourtant je la raconte exactement comme elle m'est arrivée.

X

On m'attacha à ma chaîne. Je soupçonne qu'ils avaient quelque chose de bon à manger et ne voulaient pas en donner au pauvre Argo. Anna s'en alla sans même me jeter un regard tandis que je ne la quittai pas des yeux jusqu'au moment où elle disparut dans la maison, avec l'espoir qu'elle se repentirait de sa cruauté. J'aboyai pendant quelque temps, cherchant à émouvoir ou à importuner ; mais personne ne se soucia de mes lamentations.

Puis, j'eus une surprise agréable et oubliai mes souffrances. Je n'étais pas seul. Peut-être fut-ce même la bonne Anna qui, avant de s'en aller, laissa une vieille chaussure près de moi afin de soulager ma situation. Une chaussure odorante. L'homme qui l'avait utilisée avait sans doute beaucoup marché. Dans un coin de la chaussure, il y avait un petit clou qui exhalait une odeur de sang coagulé. Et je n'en finissais pas de tourner et de retourner cette chaussure. Peu à peu je comprends que si l'objet n'est pas vivant, il crie, et la vie résonne de cela. Vie ennemie ou amie ? Plutôt ennemie. Lorsque des personnes qui portent des chaussures aussi odorantes entrent dans la maison, moi je les chasse car ce ne sont pas les odeurs auxquelles je suis accoutumé. La colère me prend et je me mets à dépecer la chaussure qui résiste. Elle résiste comme si elle vivait. Il n'est pas facile d'en démantibuler les fibres. Mais voilà que je parviens à fourrer mon nez dans des endroits qui m'étaient inaccessibles auparavant. Immédiatement une autre odeur domine. Plus ancienne mais non moins claire. Je fais la paix avec la chaussure parce que la nouvelle odeur n'est pas ennemie et je cesse de la mettre en pièces. Je plaisante avec elle et lui donne de petits coups qui la font bondir joyeusement, tout joyeusement. On comprend que de déchiqueter une telle chaussure, c'est un peu comme de courir librement dans les champs. Une vue succède à l'autre et il n'y a guère de place pour l'ennui.

À un certain moment, la chaussure reçut un coup trop fort et elle tomba hors de l'espace restreint où la chaîne me cantonne. Je l'ai perdue, et je réintègre la douleur de l'esclavage. Oh! Quand donc viendront-ils me reprendre? La chaussure dégage de nouveau un parfum ennemi, maintenant qu'elle est hors de portée.

Lorsque après nombre d'heures la vieille Anna vint enfin me libérer, je n'eus plus aucune envie de m'arrêter devant la chaussure. Des effluves abondants arrivaient de tous côtés et m'appelaient impérieusement. On voit que pour apprécier certaines choses la chaîne est nécessaire. Je flairai rapidement la chaussure et déguerpis.

Malheureusement je n'eus pas l'idée de la rapporter dans le périmètre qui m'est accessible lorsque je suis enchaîné. Je ne le regrettai que le jour suivant lorsque je me retrouvai solitairement attaché à la chaîne. Et, quand on m'en libéra, je commis de nouveau la même erreur dont je ne m'avisai qu'une fois enchaîné de nouveau. Mais penser à la chaîne lorsqu'on est libre serait un peu comme diminuer la grande joie de la liberté.

XI

Mon maître est en train de lire et moi je suis près du poêle. Ce gîte est délicieux. À la chaleur du poêle il se remplit de parfums. Mon maître doit préférer cette grande chaise à cause de l'odeur qu'elle dégage. Sur cette chaise, il y a fort longtemps, un homme est sans doute devenu sincère. Son sang se répandit sur l'étoffe qui la recouvrait et coula à terre le long des pieds de bois. Mais la chaise se trouvait alors dans ce coin où le plancher exhale une odeur. Le jour, avec les fenêtres ouvertes, on entend cependant l'odeur qui murmure faiblement. Le soir, avec la chaleur du poêle, elle crie : « Cherchez-moi ! » Et moi je cherche. Mais le corps de l'homme ne doit pas se trouver dans les parages. Et moi je cherche en vain cet ami du soir. Malheureusement on l'a emmené très loin.

La très bonne mère

Amelia était une enfant remarquable, élevée selon les meilleurs principes et, lorsqu'elle fut en âge de se marier, son père, un honnête négociant, lui dit un jour d'un air satisfait qu'un millionnaire du pays avait demandé sa main. Amelia protesta timidement : « C'est qu'en vérité je comptais épouser mon cousin Roberto ; si toutefois il veut de moi », ajouta la bonne enfant en rougissant, « car il ne m'en a jamais parlé ». « Enfantillages que tout cela », rétorqua le père qui savait les choses mieux que sa fille. « Roberto n'a pas encore terminé ses études ! Roberto dépense bien plus que de raison ! Roberto ne dispose pas d'un sou vaillant... » La jeune fille hésitait, les joues en feu. « Et puis », dit encore le père pour terminer, « s'il avait voulu de toi il te l'aurait dit. Peut-être voudrait-il que tu lui coures après ? Où a-t-on jamais vu qu'on traite ainsi une jeune fille comme il faut ? » Amelia finit par se laisser convaincre. Ce Roberto ne savait pas agir en effet. La dernière fois qu'ils s'étaient vus, il avait un air renfrogné et n'avait soufflé mot. Qu'est-ce qui lui avait pris ? Il était reparti pour ses études sans même venir lui faire ses adieux et il méritait à présent, oui, il méritait qu'elle se marie, et même sans l'en aviser.

Car Amelia souhaitait se marier au plus tôt. Fille unique, elle était accoutumée à voir le moindre de ses désirs exaucé. Les parents étaient uniquement redevables à l'excellente nature de la jeune fille si celle-ci était aussi accomplie. Elle avait mené à terme toutes ses études et même avec de jolis succès. On l'avait beaucoup louée, surtout pour ce qui était des matières positives, en particulier les sciences naturelles. Elle balbutiait vaguement Darwin. La vie devait se charger de lui fournir les commentaires nécessaires. Elle savait que l'ancêtre de l'homme était constitué d'une certaine manière et qu'en conséquence l'homme, et la femme aussi, étaient faits de telle et telle façon. Elle connaissait la genèse des mains et des pieds et de bien d'autres choses encore. Ses belles mains et ses petits pieds n'entraient pas en ligne de compte dans la loi. Elle se contemplait volontiers devant la glace et jamais, en regardant ses yeux bleus, l'idée ne lui était venue qu'un de ses ancêtres les avait eus plus petits, plus inquiets, plus rapprochés de la racine du nez. De ses yeux rayonnaient la pensée et le sentiment et, à son avis, tous deux manquaient d'ancêtres. Au demeurant, même Darwin avait parlé des ancêtres de l'homme, non des siens propres. Et Amelia avait l'habitude de lire les livres tels qu'ils étaient écrits, avec cet ordre aveugle, page après page, de façon à ne pas laisser entre l'une et l'autre du temps pour les applications et les dérivations. Les vieilles illusions égotistes vivaient au sein de la science moderne sans être importunées.

Et ainsi, pas même Darwin ne sut empêcher qu'elle épouse le millionnaire qui se présenta chez elle et fit sa bonne petite déclaration. Emilio Merti fut un jour reçu par la mère d'Amelia. La jeune fille se fit attendre comme il se doit et, lorsqu'elle entra dans la pièce, le millionnaire se leva. Sa petite silhouette hésita, se força, se déplaça pour se mettre debout mais ne perdit pas pour autant toute désinvolture et tendit à le jeune fille une main bien faite, quelque peu dodue. Il la regarda avec des yeux qui luisaient d'émotion ; un regard qui rappelait celui de Roberto. Ce petit visage fin et doux, aux lèvres minces un peu pâles, au front très dégagé, trop même, car il se prolongeait jusqu'à la moitié de la nuque, plut à la jeune fille. Au fond tout son aspect laissait entendre qu'il devait être quelqu'un de riche et de raffiné, et cela suffit à Amelia. En examinant attentivement le futur époux de pied en cap, elle découvrit que la botte droite était pourvue d'une semelle d'au moins une quinzaine de centimètres. Lorsqu'elle le vit se mouvoir elle éclata presque de rire. Je pense bien ! Il boite ! Il ne peut en être autrement avec ce poids qu'il traîne au pied droit. Le fiancé rougit, comme Roberto lorsqu'on mentionnait ses études (curieux ce besoin de toujours comparer avec Roberto) et lui expliqua qu'à partir d'un certain âge sa jambe droite avait cessé de se développer. Ceci évoqua pour Amelia un bref instant certains travaux de Darwin sur les homards dont le côté droit est plus gros que le gauche, mais elle dut se raviser lorsque Emilio se mit à lui raconter, d'une voix légèrement voilée par l'émotion, que dans son enfance sa nourrice l'avait un jour lâché et qu'il était tombé de haut sur le sol. Cette chute avait provoqué une lésion qui fut responsable non seulement de sa jambe plus courte mais aussi de son fémur atrophié. On ne le remarquait pas parce qu'il entourait son fémur non pas de semelles mais d'ouate. Des larmes de compassion embuèrent les yeux d'Amelia. Pauvre garçon! Condamné à traîner derrière lui toute sa vie tant d'ouate et tant de semelle! Devant elle flottait l'image du petit être qu'une nourrice inattentive laissait tomber sur le sol. Elle le voyait, gisant là, inconscient du fait que cette chute alourdissait son destin et ne pleurant pour rien d'autre que pour la douleur momentanée. Puis, à la pensée de cette nourrice qu'elle assimilait à une délinquante de droit commun, son visage s'empourpra : «Ah! Si j'avais été sa mère, se disait-elle, je lui aurais arraché les yeux à cette nourrice.» Et elle se dit encore : «Si j'ai la chance d'avoir des enfants de lui, je veillerai bien à ce que pareilles aventures ne leur arrivent jamais.» Entre-temps, cela peut sembler peu croyable, le petit cœur d'Amelia avait battu pour le millionnaire. Peut-être pas d'amour, de compassion sans doute, toujours est-il qu'Emilio ne lui était pas indifférent. Il la para telle la Vierge de Lorette de bijoux et de brillants. De tels jouets ne lui importaient guère mais elle comprenait son désir de la combler et lui en était reconnaissante. Du reste, sa petite tête d'enfant était déjà suffisamment calculatrice et elle savait que ses brillants représentaient une fortune. «Qui sait», pensait cette bonne fille de négociant, «si mes enfants n'en auront pas besoin un jour ou l'autre!» Le sentiment maternel avait éclos chez Amelia, inspiré surtout par les enfants de sa sœur, deux amours de gosses qu'elle avait aidé à élever et qui l'aimaient en retour comme si elle était leur seconde mère. Amelia se détacha d'eux dès ses fiançailles. Elle menait maintenant une vie mouvementée, occupée qu'elle était à voir tous les jours de vieilles et nouvelles connaissances, à recevoir des gens ou à leur rendre visite. Et puis elle entendait déjà le bruit encore lointain mais se rapprochant des petits pas de ses propres enfants. Bien vite elle en eut un grand et gros : son époux. Une amie (peut-être envieuse de ce mariage splendide) l'avait avertie qu'Emilio Merti se mariait pour tenter un ultime traitement en vue de sauver ses nerfs en péril. Il s'agissait d'un traitement assez draconien et qui était susceptible de l'être pour l'épouse aussi. Amelia n'ajouta pas foi à ces paroles et commenta en toute sérénité : « Je ferai assurément de mon mieux pour que le traitement lui soit salutaire. » De la sorte, la fibre maternelle vibra dans son cœur. Son mari passait la journée à suivre son traitement. Il avait un spécialiste pour chaque partie du corps et c'est ainsi qu'au bout de deux ans Amelia eut son premier enfant. Deux ans, c'est long quand on brûle autant d'impatience, ce qui pourrait prouver que ces spécialistes n'étaient pas de tout premier ordre. Le bébé paraissait un peu pâle et faible, et requérait d'autant plus les caresses maternelles. Les époux Merti passèrent une année délicieuse après la naissance de cet enfant. Lui, comme tant de gens à bout de forces, était reconnaissant à sa femme qui le supportait, et elle le supportait volontiers, bon et doux comme il l'était. Elle-même allaitait son bébé et ne le quittait pas d'un pas comme si elle vivait dans un pays hérissé de périls. De sorte que, lorsque au bout de la première année le médecin, appelé pour examiner l'enfant et voir pourquoi il ne se décidait pas encore à faire ses premiers pas, déclara que la jambe droite présentait des difficultés à se développer, Amelia put affirmer avec une certitude totale : « Mais il n'est jamais tombé ! » Elle en était sûre. Aucun coup n'avait pu endommager cet organisme. Le médecin ouvrit de grands yeux et ne put se retenir : « Mais le père... ? » « Le père », répondit Amelia en pleurant, « lui, le pauvre homme, il est vraiment tombé par terre, lâché par une nourrice inattentive ». Stupéfait devant tant d'innocence, le médecin se souvint de l'obligation du secret professionnel et dit alors : « Il doit s'agir de l'hérédité d'un caractère acquis. » Ah ! Cette nourrice ! Elle avait démoli toute une génération de Merti ! Des mois passèrent et tous les soins prodigués à l'enfant semblèrent vains. Il faisait maintenant ses premiers pas en s'appuyant sur une béquille. Ce bruit léger des premiers petits pas incertains qu'elle avait eu dans l'oreille était remplacé dans la maison éplorée par le bruit sec et dur de la béquille... droite qui alternait avec la sonorité pesante du pied gauche. Le médecin constata aussi à un moment donné qu'à son tour le bras droit avait du mal à se développer. Toute la partie droite du corps restait chétive tandis que l'autre s'épanouissait avec une profusion d'os, de chair et de gras. On eût dit un enfant résultant de l'assemblage de deux autres parties d'enfants cousues ensemble. Le médecin, qui savait maintenant comment il devait se comporter avec Amelia, décréta : « Pour des raisons mystérieuses, le caractère acquis a dû se développer dans le milieu. » Et Amelia, qui était revenue à son Darwin, fit, quoique avec douceur, son premier reproche à son mari : « Tu aurais dû faire faire tous les jours de l'exercice à ton côté droit. » Heureusement, Amelia ne semblait pas attendre un autre enfant. Bien que sans trop d'espoir, elle poursuivît la lutte contre la maladie de son rejeton... La journée était remplie par les soins que l'on administrait au père et au fils. Une des salles de la vaste demeure regorgeait d'instruments orthopédiques appariés selon la taille et Amelia veillait en personne à les tenir en bon ordre. Jamais lutte contre une maladie ne fut plus assidue. Ému, Merti se prêtait aux soins de toute son énergie car, ayant deviné le désir de sa femme, il souhaitait de toutes ses forces réparer le mal qui avait été fait. Il se soignait. Il avalait des pilules et des eaux de toute sorte, s'appliquait des emplâtres, s'adonnait aux gymnastiques les plus diverses. Sur le conseil d'un médecin, il essaya même l'équitation mais à la troisième leçon il fit une mauvaise chute qui lésa gravement sa jambe gauche. On le transporta chez lui sur un brancard et, sous le coup des fortes douleurs qu'il ressentait, il dévoila à sa femme le tréfonds de son âme : « Je visais uniquement à satisfaire ton désir d'avoir des enfants sains. » Amelia n'éprouva ni surprise ni émotion qu'on se donnât tant de mal pour son bonheur. Elle-même ne vivait-elle pas avec ce seul but en vue ? Accablée elle murmura : « Pourvu que cette leçon d'équitation ne t'ait pas détérioré le côté gauche aussi ! » En guise de consolation son mari lui répondit : « Peut-être qu'un certain équilibre s'établira de la sorte et qu'on pourra avoir des enfants plus petits mais avec une certaine symétrie ! » Au lieu de cela, le pied gauche guérit en quelques semaines et, libéré de son plâtre, apparut comme toujours trop long, trop vigoureux, trop droit. « L'effet d'une lésion est bien différent sur un organisme adulte et sur un organisme d'enfant », décréta Amelia.

Agacé probablement par tous ces traitements, Achille (un nom prédestiné pour l'enfant qui avait une jambe défectueuse) grandissait en manifestant un bien vilain caractère. Cette béquille dans sa main gauche constituait une arme terrible que les domestiques recevaient fréquemment dans le dos. « Pourquoi ne frappes-tu pas de la main droite pour faire de l'exercice ? » l'exhortait sa mère. À quatre ans il lança sa béquille, toujours de la main gauche, contre sa mère. Le petit monstre n'était guère amusant. Un beau jour un rhume le cloua au lit. La fièvre ne le quitta plus. Il fut entouré de soins assidus. On convoqua de la capitale des médecins réputés à qui l'on raconta tout de la fièvre, de la jambe plus courte, de la culbute qu'avait faite le père, des nombreux traitements entrepris. Ils s'en allèrent, tout étourdis. « En tout cas », déclara l'un d'eux, « la difformité restera telle quelle. Elle n'augmentera pas ». Il n'eut pas tort. Il aurait même pu dire que cette difformité devait diminuer puisque l'on sait que la difformité de la mort couvre toutes celles de la vie.

Lorsque le petit cercueil fut emporté, Amelia se sentit bien seule. « Et maintenant ? », se demanda-t-elle, divaguant presque. Son mari – après sa dernière aventure – n'osait plus faire trop de massages ni de gymnastique. Elle était donc assez désœuvrée. Elle tenta de se rapprocher de ses neveux mais ceux-ci avaient grandi et c'est tout juste s'ils la connaissaient.

Par bonheur, à la même époque, un ami de son époux avec qui il était en relation d'affaires et qui vivait à Rome, demanda aux Merti l'hospitalité pour sa femme et ses deux petites filles qui devaient faire une cure de bains de mer. Ils furent chaleureusement invités et la maison s'anima. Signora Carini était une brave dame qui eût été passablement insignifiante si elle ne s'exprimait dans le plus pur langage romain. Les petites filles étaient des trésors. Toutes deux étaient brunes et Gemma, l'aînée de six ans, prenait des airs de petite maman lorsqu'elle tenait par la main Bianca, la cadette. Et Bianca méritait bien son nom. Des fils d'or parcouraient ses boucles brunes et sa peau était si blanche que l'on voyait les petites veines bleuâtres se dessiner sur ses tempes. D'emblée elle fut la préférée d'Amelia qui la serrait sur son cœur comme si elle avait récupéré son Achille dans une édition revue et corrigée. Oh! Mais comme une telle enfant était différente de son pauvre enfant regretté à qui elle demandait pardon au fond de son cœur parce qu'elle le trahissait. Un peu intimidée au début par ce nouvel entourage, la petite fille en devint bien vite la maîtresse. Elle trottinait dans les vastes pièces du rez-de-chaussée d'un pas mal assuré et lorsque Amelia se précipitait derrière elle, terrorisée à l'idée qu'un coin de meuble pût blesser la petite tête, la mère tranquille et souriante la rassurait : « Laissez, laissez, elle sait veiller sur elle-même. » Amelia ne raconta rien à signora Carini au sujet de son fils. Elle le pleurait avec la bonne dame, le décrivant à l'image de Bianca. Parler de la difformité dont le pauvre enfant avait souffert lui semblait être un crime et une honte. De sorte que le souvenir d'Achille s'épura et qu'en définitive Bianca et Achille se confondirent assurément si bien dans son esprit qu'Amelia se lamentait moins d'avoir perdu Achille que de ne pas avoir Bianca à elle. Lorsqu'on lui concéda le privilège de dormir avec Bianca, Amelia fut très heureuse. La petite, qui perçait encore ses dents, se réveillait parfois au cœur de la nuit en pleurant, et réveillait Gemma du même coup. Les deux mères, dont l'amitié se trouvait cimentée par l'affection commune témoignée aux fillettes, s'entendaient très bien et Bianca occupa le lit de signor Merti qui dut momentanément émigrer de la chambre de sa femme. Amelia aimait se lever dans la pénombre et contempler le petit ange qui dormait non loin d'elle. La pièce était éclairée par une faible lumière rose et la petite fille n'était vêtue que d'une petite chemise courte. Cette lueur rehaussait la splendide délicatesse de ses chairs blanches. Le miracle de la vie, de la vie la plus pure, s'énonçait clairement par un incroyable relief de couleurs dans cette chambre où l'unique éclairage rose aurait dû fondre tous les tons. La petite tête bouclée reposait immobile, les lèvres entrouvertes. Quelquefois un rêve arrachait à l'enfant un mot incompréhensible qui faisait tellement rire Amelia qu'elle devait presser sa bouche contre l'oreiller. Une menotte était toujours posée en plein sommeil près de la tête d'Amelia qui ne se lassait pas d'en admirer les petits ongles parfaits.

Oh! Si on pouvait lui laisser cette enfant pour toujours, elle ne demanderait rien de mieux! Mais signor Carini avait déjà écrit à sa femme, annonçant qu'il viendrait chercher sa famille la semaine suivante. On échangeait des politesses à présent. Les Carini n'entendaient pas abuser outre mesure de l'hospitalité des Merti, et le mari chargeait sa femme de réserver des chambres dans un hôtel où la petite famille passerait une dizaine de jours. Ah mais, cela, Amelia ne le permettrait pas! Au moins tant que Bianca restait dans cette ville, elle dormirait avec elle, et elle fit et dit tant et tant que l'épouse écrivit à son mari pour le convaincre de céder aux insistances des Merti.

À cause d'un malentendu, signor Carini arriva à l'improviste et ne trouva à la maison qu'Amelia, seule avec Bianca. C'était un homme fort, bon, qui avait l'aspect d'un fermier bien soigné de sa personne. Amelia se l'était imaginé fin et gentil comme sa femme et ses filles et il lui déplut passablement. En revanche, Carini fut manifestement impressionné par la beauté d'Amelia. La tristesse avait encore embelli ses beaux yeux bleus emplis de pensée et de cœur.

L'arrivée de Carini rendit Amelia plus triste qu'à

l'accoutumée. À table Carini se montra disert et fort joyeux. Son épouse releva qu'elle ne l'avait jamais vu aussi gai et elle le dit avec un accent de gratitude car elle attribuait la gaieté de son mari à sa joie de la retrouver.

À la fin du dîner, signora Carini se leva pour aller mettre Gemma au lit, et Amelia en fit autant pour Bianca. La bonne enfant s'endormit aussitôt. Amelia demeura longtemps à l'admirer. Entre-temps, signora Carini eut besoin de demander je ne sais quoi à Amelia et, maintenant que la familiarité s'était installée entre elles après ce long séjour, elle chargea son mari de le faire pour elle. Celui-ci frappa timidement à la porte de la chambre et Amelia alla lui ouvrir. « Qu'avez-vous donc ? », s'enquit Carini, effrayé à la vue du visage d'Amelia baigné de larmes. Il craignait que quelque chose ne fût arrivé à Bianca. « Oh ! Ce n'est rien », dit Amelia en pleurant de plus belle, s'affalant sur un sofa, « je pleure parce que vous voulez m'enlever Bianca ». En homme vivant dans la capitale, Carini flairait déjà la bonne petite aventure. Toute hésitation de sa part s'envola lorsque Amelia s'écria : « Je donnerais ma vie pour avoir des enfants comme les vôtres. »

Carini repartit de plus méchante humeur qu'il n'était venu. En somme, la bonne petite aventure, il l'avait eue, mais si fugace, et il n'y eut pas moyen de la réitérer. Il quitta bien volontiers la ville car cette belle femme qui se livrait un instant et se dérobait l'instant d'après, oubliant apparemment tout, lui faisait l'effet d'être si anormale qu'il prenait peur. Il la considérait comme folle et il avait hâte de lui retirer Bianca des mains. Il ne la tenait pas pour folle parce qu'elle s'était soudain abandonnée le soir même de son arrivée. Cela lui semblait assez régulier. Mais lorsque le lendemain matin, la voyant plus belle que jamais, l'air souffrant, il avait voulu lui serrer sa petite main rien que pour exprimer sa reconnaissance, profitant d'un moment où on les avait laissés seuls, et qu'il se vit repoussé par un regard d'étonnement altier, il s'était dit : « C'est décidément une folle ! » Elle, pour sa part, se comportait comme lors de son arrivée, continuant à entourer ses hôtes de ses prévenances lorsque les soins prodigués à la petite Bianca lui en laissaient le temps. Les cheveux se dressaient sur la tête, du bon Carini, devant un masque pareil, et il passa huit jours effroyables dans cette maison. Il avait été convenu que les Carini accepteraient la généreuse hospitalité qu'on leur offrait pendant quinze jours, mais au bout de huit Carini, excédé, se fit envoyer de Rome un télégramme le rappelant.

À la gare, signora Carini insistait pour qu'Amelia promette de leur fournir l'occasion de s'acquitter de toute cette hospitalité en venant passer quelques semaines chez eux à Rome. Amelia émergea un instant de la rêverie où l'avait plongée sa douleur de la séparation d'avec la petite Bianca. Elle posa un regard ferme sur le pauvre Carini qui tressaillit : « Peut-être que je viendrai à Rome. »

Enthousiasmée, signora Carini s'écria dès qu'ils furent partis : « Quelle gentillesse ! Il faudra trouver le moyen d'en faire autant pour eux s'ils viennent à Rome. » Tout en étreignant Bianca fortement. « Il ne manquerait plus que cela ! », éclata Carini exaspéré. Se rendant compte de la stupéfaction de sa femme il se reprit comme il put : « Nous n'avons tout de même pas un palais, nous autres ! »

Amelia n'eut pas besoin d'aller à Rome. Elle eut un enfant, une fille. Le médecin par qui on la fit minutieusement examiner crut pouvoir assurer que sa santé était parfaite et sa constitution équilibrée. Il soutenait que si le pauvre Achille avait été soumis dès sa naissance à un examen aussi précis, il eût été possible de prévoir qu'il se développerait à la manière des homards. La mère paraissait plus sereine que le père ; celui-ci avait de la peine à croire qu'il avait pu engendrer un être dont les deux jambes étaient entières. Il se tourmentait tous les jours en voyant le corps nu de l'enfant. Il la prenait dans ses bras et la petite se calmait sitôt qu'il la berçait en marchant avec son dénivellement habituel de près d'un mètre. « Tu lui donneras le mal de mer », mettait en garde la maman. Au bout d'un an Merti ne put plus avoir le moindre doute. Quelle ne fut sa joie ! Elle n'aurait pas été plus grande si lui-même avait soudain recouvré la santé et s'était débarrassé de toutes ces semelles et de toute cette ouate. Il suspendit tout traitement. Il avait le sentiment d'être libéré d'un cauchemar. « Nous n'avons plus peur ! », s'écriait-il, « à présent nous pourrons avoir autant d'enfants que nous le désirons ». « Certes », répondait Amelia, « mais attendons voir comment la petite grandira ». Elle ne l'observait pas, elle l'aimait. Bianca était oubliée. Donata (c'est ainsi qu'on avait baptisé l'enfant) en voilait le souvenir, à tel point les deux enfants se ressemblaient. Celle-ci aussi, lorsqu'elle commença à faire ses dents et qu'elle était agitée la nuit, exigea de quitter son petit lit pour grimper dans celui de sa mère et se couler contre le corps maternel en quête de chaleur et de vie. Et la mère qui sentait ce besoin s'en émouvait comme si elle la portait encore en son sein, si belle et si blanche. Les petits membres se mettaient en mouvement au moment où l'on s'y attendait le moins. Une menotte, toute petite et tendre, se fourrait dans la bouche de la mère et s'ouvrait à l'intérieur, effleurant le palais de ses doigts. Puis l'enfant s'asseyait sur la poitrine de la mère et elle était si légère qu'elle se soulevait et s'abaissait au rythme de la respiration d'Amelia. Toutes sortes de jouets affluèrent à la maison et on les rangea dans la pièce autrefois destinée aux instruments orthopédiques. Mais la nuit les poupées allaient orner le petit lit de Donata. Elle dormait au milieu d'elles comme un général entouré de ses troupes. Toutes fermaient les yeux pour dormir. Chacune avait son vêtement de nuit et Amelia avait fort à faire de les déshabiller et rhabiller toutes. En bonnes petites qu'elles étaient, les poupées s'endormaient sur-le-champ et Donata balbutiait encore sa prière au milieu d'elles avant de les imiter. Signor Merti assistait toujours au cérémonial compliqué. L'orgueil le suffoquait. Il était pris d'éclats de rire inextinguibles : chez lui même la joie présentait l'aspect d'une crise de nerfs. Souvent il murmurait à l'oreille de son épouse : «Es-tu contente de moi?» «Oui mon chéri», répondait-elle presque maternellement en l'embrassant. Elle aussi, outre la joie, ressentait l'orgueil d'avoir donné le jour à Donata qui était encore plus belle et plus gentille que Bianca. Dans la masse châtaine de ses cheveux s'était fondu un reflet d'or; ses yeux étaient emplis de douceur comme si une teinte précieuse s'y était glissée. Amelia lui avait donné sa beauté; elle avait fini par l'emporter sur cette sotte de signora Carini.

Amelia n'était pas pour autant à l'abri d'appréhensions. Un jour Darwin lui dit que les enfants du second mari étaient un peu parents du premier. Mais Donata était la preuve du contraire. Les jambes bien droites se mouvaient avec le même rythme. Dans la baignoire elles battaient l'eau, faisant toutes deux le même bruit. On ne pouvait même plus se fier à Darwin en ce monde.

Le vieux docteur Gherich, qui lui avait été d'un grand réconfort pendant la maladie d'Achille, lui communiqua un jour son intention de cesser d'exercer au profit de son fils Paolo qui lui succéderait, et demanda s'il pouvait le lui présenter. Il promettait sa collaboration en cas de nécessité. Amelia accepta volontiers. Le nouveau médecin était un homme entre deux âges, blond, grave, le cou un peu court, ce qui lui donnait un aspect assez raide que le haut faux col accentuait encore. Il donnait l'impression d'être quelqu'un de sérieux. La passation de son client à son fils fut faite par le vieux docteur avec une certaine solennité. Il exposa à Paolo toute l'histoire de la famille en commençant même par la chute de Merti des mains de la nourrice. Amelia tenta de l'interrompre en souriant : « Oh ! Cette chute, le Ciel en soit loué, n'a plus d'importance. » Mais le médecin poursuivit d'une voix émue en racontant tout ce qu'Amelia avait souffert jusqu'à la mort d'Achille. Les yeux bleus de Paolo s'attachèrent avec une admiration manifeste sur Amelia qui fit aussitôt venir la petite Donata. Au premier regard, admirant la petite silhouette qui commençait à s'allonger tout en conservant une entière harmonie des formes, Paolo déclara sans forfanterie : « On n'a guère besoin d'avoir fréquenté l'université pour comprendre qu'ici on est en pleine santé. » Il s'informa par le menu du mode d'alimentation de l'enfant et prescrivit, en médecin moderne, de diminuer grandement les portions de viande. Puis il s'informa de la santé d'Amelia. Elle se portait fort bien et ainsi il n'eut même pas le plaisir de lui tâter le pouls.

Quelque temps plus tard, le vieux docteur Gherich vint rendre une seconde visite à Amelia. Il lui raconta comment son fils était déjà célèbre pour avoir fait certaines publications au sujet des paralysies infantiles. Il lui présenta même un opuscule qu'elle tenta ensuite de lire, ne suspendant sa lecture qu'après être tombée sur quelques termes par trop techniques. Il était évident que le docteur Gherich avait surtout à cœur de conserver à son fils la clientèle du millionnaire. Amelia prêtait une oreille attentive à cause de l'affection qu'elle portait au vieux monsieur mais lorsqu'il se mit à lui raconter aussi la vie de son fils, elle eut du mal à se contraindre à l'écouter. Le vieux monsieur parla des vertus familiales de Paolo. Il avait épousé une jeune fille comme il faut qui donnait à présent des signes manifestes de perdre la raison ; elle persécutait son mari d'une haine que rien ne motivait. «Est-ce que ses parents étaient fous, eux aussi ?» «Le père seulement», spécifia Gherich en souriant. «Mais nous pensions que sa folie provenait d'une terrible chute qu'il avait faite.» «Des mains de la nourrice ?» demanda Amelia sans malice aucune. «Non ! Bien plus tard, après la naissance de sa fille. C'est pourquoi *là* (et le docteur mit un accent particulier sur l'adverbe) la chute n'a rien à voir avec la maladie.» Le docteur Paolo avait toutefois une consolation en ce monde en la personne de son fils, un bon et beau garçon. Ceci aussi demeura gravé dans l'esprit d'Amelia. «S'il en est ainsi», dit-elle, «le docteur Paolo n'est pas à plaindre».

Le docteur Paolo conquit de lui-même sa place de médecin de famille. Un dimanche Donata se montra de méchante humeur. Elle ne cessa de crier et de pleurer toute la journée. Vers le tard Amelia, qui avait une longue expérience dans le maniement des thermomètres, constata une légère élévation de sa température. On téléphona pour faire venir un médecin mais à cette heure-là et en ce jour férié on ne put en joindre aucun. Merti conseillait déjà de renoncer pour l'instant, pensant qu'il s'agissait sans doute d'une indisposition sans grande importance, lorsque la petite Donata fut prise d'une quinte de toux qui semblait ne vouloir jamais finir. Sa gouvernante murmura : « Que ce ne soit pas le *croup* ! » Aussitôt il y eut un grand branle-bas dans la maisonnée. Tous les domestiques s'égaillèrent à la recherche d'un médecin. Amelia étreignait l'enfant sur sa poitrine, blême de frayeur. Merti se montrait tout autant épouvanté. On dénicha finalement un médecin qui était arrivé la veille même dans la ville, frais émoulu de l'université. Se trouvant pour la première fois dans une telle confusion, il perdit la tête lui aussi. La mère et le père étaient si livides qu'il pensa à un début d'étouffement. « Je ne puis rien dire d'autre », décréta-t-il, « Il faut transporter l'enfant immédiatement à l'hôpital. Vous avez une demi-heure de temps. » Amelia ne se le fit pas dire deux fois. Elle enveloppa la petite dans trois ou quatre couvertures et, sans même prendre le temps de mettre un chapeau, dévala à toute allure l'escalier. Elle sauverait Donata coûte que coûte ! Par bonheur, dans l'escalier, elle tomba par hasard sur le docteur Paolo que le cocher avait fini par trouver. Il examina attentivement la fillette qui, terrorisée, hurlait comme un aigle, et fut à même de tranquilliser tout le monde sur-le-champ. L'enfant avait un léger rhume et rien d'autre. Amelia le crut d'emblée et si grande fut sa joie que, à peine arrivée dans sa chambre après avoir mis l'enfant au lit, elle tomba à la renverse sans connaissance. Ce fut la première fois qu'elle-même eut besoin du médecin. Elle se rétablit rapidement mais le traitement affecta le médecin.

Amelia ne tarda pas à se rendre compte, par les regards qu'il posait sur elle, par sa voix qui se voilait lorsqu'il lui adressait la parole, combien il désirait prodiguer ses soins à sa personne en particulier. Elle en fut troublée et ennuyée. Elle ne redoutait rien mais eût aimé, pour sa propre tranquillité et celle de son mari (qui savait être jaloux parfois), avoir un médecin moins jeune et surtout moins amoureux.

Le jeune médecin commença aussi à venir trop fréquemment chez eux. Un jour elle crut lire dans les yeux de Paolo presque une intention d'agression. Elle en eut vaguement peur. Au cours de leur conversation, et peut-être même pas particulièrement à propos, elle trouva moyen de déclarer hautement : « Moi, j'aime mon mari. » Ses yeux bleus, froids, rivés sur le médecin, semblaient être deux plaquettes dures et luisantes. Le désir de cet homme l'offensait. Elle répéta même : « J'aime mon mari. » De toute manière on comprenait qu'elle savait parfaitement que les raisons de douter d'un tel amour ne manquaient pas aux yeux des gens, autrement elle n'aurait pas mis tant d'insistance.

Paolo baissa la tête, découragé. Il avait déjà atteint ce stade de la passion où l'on renonce définitivement à tout orgueil. Ce qu'il aimait en Amelia, outre sa beauté, c'était la vertu. Oh ! (se disait-il) si sa femme avait été ainsi, il passerait sa vie à ses genoux ! Le luxe de cette maison faisait ressortir davantage la modestie d'Amelia. Qu'il était facile de comprendre que la seule chose de cette maison à laquelle elle fût attachée, c'était Donata, sa fille. Et Donata était la preuve vivante de l'excellent organisme de sa mère.

Cet organisme, creuset délicat et purifiant, avait annihilé le tabès du père !

« Madame ! », s'écria-t-il, et il ne voulut point renoncer à la jouissance de parler de son amour, « Madame ! J'aime et j'estime votre mari aussi ! »

Les yeux bleus s'adoucirent.

« Permettez-moi », poursuivit-il après une légère hésitation, « de continuer à traiter Donata. J'espère que ma présence ne vous offense pas au point de m'obliger à m'éloigner de cette maison. Si je devais vous causer du désagrément je la quitterais de moi-même ». Elle répondit avec douceur : « Je vous suis au contraire reconnaissante des soins que vous prodiguez à Donata et vous prie de les poursuivre. »

Lui ne perçut que la douceur qui émanait de cette voix et non le sens des mots. Il eut le tort de saisir une main qu'elle retira avec dédain. Ils se quittèrent, lui, humble, suppliant, elle, avec une hâte évidente de le voir hors de la porte. Et, en retournant à ses occupations coutumières, elle envisagea de se plaindre de l'attitude de Paolo à son père. Le dédain arquait ses belles lèvres. Paolo, en revanche, descendait les marches d'un pas hésitant. Nul doute qu'il recevrait une petite lettre le dispensant de revenir. Il ne monterait plus cet escalier. Il souffrait, non d'avoir trop osé, mais d'avoir osé trop peu. Que lui importait la clientèle, ou même Donata ? Il n'aurait plus l'occasion d'exprimer la foule de paroles que sa passion lui soufflait. Entièrement voué aux études d'abord, puis lié à une femme qu'il n'aimait pas, Paolo était plus jeune en amour qu'il n'était en années. Il eût aimé que lui fût concédé de baiser le bord de la robe d'Amelia, ou tout au plus sa main. Le soir, le grand adolescent qu'il était, aimait passer devant la grande demeure ou s'arrêter en face et fixer son regard sur les fenêtres closes. Il écrivait même des vers, le pauvre médecin ! Une certaine veine poétique, étouffée en lui par les études de médecine et par la vie, affleurait à nouveau avec luxuriance. À l'hôpital, ses malades, qui l'avaient toujours aimé, sentaient dans ses paroles et dans ses soins une douceur nouvelle. À cause de sa propre grande souffrance, il était devenu plus sensible aux souffrances d'autrui.

En tout cas il eut la satisfaction de ne pas recevoir la lettre redoutée. Et même, un jour qu'il tomba par hasard sur Merti celui-ci l'arrêta pour lui demander pourquoi on ne le voyait plus à la maison. « Dieu merci vous n'avez pas besoin de moi », dit Paolo en s'efforçant de sourire. « Je le sais, je le sais ! », répondit joyeusement Merti qui s'était appuyé contre le chambranle d'une porte, « toutefois on voit toujours volontiers les amis ». Il lui tendit la main puis d'un élan se détacha de la porte et s'en fut boiter ailleurs. Mais Paolo ne donna pas suite à l'invitation. Il ne voulait plus voir les yeux bleus rayonnants se muer à cause de lui en plaquettes dures et métalliques.

Un après-midi, Paolo emmena son petit garçon se promener pour lui faire prendre un peu l'air. C'était une de ces journées ensoleillées où l'hiver s'accorde quelque répit. Une belle tiédeur printanière enveloppait la plage et Carletto, alors âgé de dix ans, marchait de son petit pas élastique près de son père. C'était un enfant splendide, blanc, rouge et blond.

L'équipage des Merti que Paolo reconnut immédiatement était arrêté au milieu de la rue. À l'intérieur, Merti se reposait sous un amas de fourrures tandis que se promenaient, un peu plus loin, Amelia et Donata. Paolo aurait volontiers passé son chemin, il tira même un peu brusquement le bras de l'enfant pour lui faire presser le pas. En vain. Merti s'exclama de sa voiture : « Oh ! Docteur ! », suivi aussitôt de « Amelia ! », heureux d'avoir l'occasion de rappeler sa femme auprès de lui. Elle et sa fille revinrent rapidement à l'équipage où les attendaient Paolo et son fils. Donata avait six ans alors et se montra intimidée par ce nouveau visage. Amelia avait salué aimablement Paolo, résolue qu'elle était de ne pas priver sa fille d'un médecin qu'elle estimait fort. Puis on se mit à plaisanter et l'on finit par obliger Donata à donner la main à Carletto pour faire une petite promenade. Carletto retenait gentiment la menotte du petit bout qui trottinait à ses côtés. Amelia, les yeux luisants, contemplait les deux petits animaux, aussi beaux l'un que l'autre, dont la différence des tons ressortait dans la lumière vive du soleil. « On les mariera ensemble ! », fit-elle en souriant. « Oui », dit Paolo. Mais lui ne regardait pas les enfants et le bonheur le rendait muet. Si la voiture n'avait pas grincé près des...*

* Manuscrit inachevé. (*N.d.T.*)

Rencontre de vieux amis

Roberto Erlis était issu d'une bonne famille mais guère riche. Il avait atteint et dépassé sa trentième année dans une situation assez modeste. Puis – comme il aimait à le dire – il s'était fâché tout rouge, avait abandonné rêves et lubies, et s'était lancé dans le monde des affaires avec la résolution de quelqu'un qui n'entend pas perdre de temps. Il fit de bonnes affaires grâce en premier lieu à une chance insolente et, plus tard, à une roublardise délibérée et pratique. L'un dans l'autre il devint millionnaire à force de faire des affaires dont chacune lui donnait l'impression de n'avoir pas été suffisamment habile. On peut comprendre qu'avec un maître aussi difficile à contenter, il devait aller loin. Il se maria, acquit des chevaux, eut une maison somptueusement meublée, et il lui sembla qu'il avait résolu le problème de sa vie. On sait que la richesse ne résout pas un tel problème, mais la conquête de la richesse et la satisfaction qui dérive du succès sont à même de remplir l'existence la plus vide.

À quarante ans il avait aussi résolu le problème de gagner toujours plus d'argent en travaillant toujours moins. Il disposait d'un personnel d'employés sous ses ordres. Ce n'était pas par paresse qu'il avait renoncé à revoir lui-même sa correspondance et sa comptabilité comme il en avait l'habitude, mais par sa conviction que le fait de s'occuper de détails lui ôtait la vision de toutes les possibilités qui s'ouvraient à lui sur le marché. Par le passé, il avait rêvé de philosophie et de littérature. À présent il rêvait d'affaires mais les réalisait sur l'heure. En général on voit mal comment un bon rêveur peut devenir un grand homme d'affaires. Le risque reste dans le rêve, et le fait concret se présente dans la réalité. Ainsi, en rêvant le risque, on le cerne et on le prévoit mieux, donc on l'évite. Erlis n'eut pas à essuyer les dures leçons de la réalité. Il rêva trop souvent sa propre faillite pour devoir la subir. Même certaines habitudes de littérateur lui furent utiles. On découvre des affaires dans un catalogue comme on trouve des idées dans un dictionnaire. Et puis, lorsqu'on a longtemps désiré s'essayer au chef-d'œuvre, on finit par prendre les habitudes de la fourmi, et celles-ci se révèlent fort utiles dans le domaine des affaires.

Il aimait arpenter les rues tout seul, comme du temps où il courait après les images. En sa très belle femme il trouvait une oreille attentive au récit de ses affaires. En bon littérateur il ne les exposait jamais sous leur jour rigoureusement véritable, de sorte que ses propos étaient moins ennuyeux. Le fait de s'entretenir de ses affaires lui permettait de les passer en revue une fois de plus et souvent, après les avoir dénaturées en parlant avec sa femme, il se précipitait pour les rectifier, les ayant mieux comprises. Mais ce n'est pas de sa réussite que je désire deviser. Je voulais simplement souligner qu'ayant jadis été très pauvre, il était très riche à présent, et en tirait satisfaction. Il ne faut pas croire qu'un succès qui change la vie de quelqu'un procure une joie de courte durée. Cette joie se renouvelle à tout instant. Pour Erlis, la joie se renouvelait chaque fois qu'il pouvait saluer de haut en bas des gens dont, par le passé, il avait brigué le salut, ou chaque fois qu'il voyait arriver chez lui à l'improviste, en tant qu'humble quémandeur, un ami qui naguère s'était cru son égal ou son supérieur. Erlis prodiguait largement la charité sans rechercher la publicité d'aucune manière. C'était une façon de mieux sentir son succès. Il prêtait de l'argent à ses vieux amis démunis sans exiger de reçu. Le geste généreux soulignait et accentuait sa réussite.

Il avait un enfant dont il s'occupait peu mais qu'il aimait beaucoup. Métamorphosé en homme d'affaires, il avait gardé du littérateur un certain égotisme et disposait de peu de temps à consacrer aux autres, ce dont on ne pouvait lui tenir rigueur car il était bon envers tout le monde. Il avait conçu des idées de liberté pour sa femme et son fils, idées qui le dispensaient d'intervenir trop intimement dans leur destin. Il voyait l'enfant une fois par jour et ne tolérait pas qu'il jouât à ses côtés, ses cris puérils et désordonnés risquant de lui brouiller les idées. Il aimait son fils, lui souhaitait tout le bien possible, et veillait à ce que son instruction et son éducation fussent effectuées avec soin et vigilance par les autres.

De l'ancien littérateur Erlis avait conservé une autre habitude, celle de marcher longuement dans les rues. Sa pensée aimait s'accompagner du rythme de son pas; il se sentait incité de la sorte, et retenu, et mieux analysé.

Un jour, en plein corso, il promenait des regards distraits autour de lui tandis qu'il calculait de tête de quelle façon le prix de certains emballages pouvait à un moment donné modifier le prix d'une marchandise. Il retirait des marchandises d'un wagon, les faisait emballer sur place et les réexportait. À présent le prix de l'emballage avait augmenté mais ceci ne pouvait avoir d'autre incidence que de le pousser à accroître son bénéfice, et il souriait vaguement à l'idée de son bénéfice et de son succès.

«Toi à Trieste?», s'exclama quelqu'un qu'il avait peut-être regardé mais sans le remettre. Il le reconnut : c'était le vieux Miller. Il ne l'avait pas vu depuis peut-être dix ans. Pourtant ils avaient été très liés, bien des années auparavant, du temps où Erlis était un jeune garçon et le vieil homme, qui devait compter plus de soixante-dix ans maintenant, se présentait déjà comme un homme mûr. Miller était le père d'un beau-frère d'Erlis. La sœur d'Erlis était morte très jeune des suites de couches, laissant une petite fille qui mourut à son tour quelques mois plus tard d'une diphtérie. Le veuf quitta la ville, se remaria, ce qui entraîna une coupure entre les deux familles du temps où les parents d'Erlis vivaient encore. Même le vieux Miller avait dû passer plusieurs années hors de Trieste chez son fils. Un peu étrange et exigeant – comme Erlis l'avait appris par des amis communs – le vieux ne s'était pas bien entendu avec sa belle-fille et avait regagné Trieste où il vivait d'une retraite guère substantielle mais qui suffisait à ses besoins. Les Miller avaient joué un rôle important dans la vie du jeune Erlis. En homme pratique, le vieil homme l'avait plus d'une fois encouragé à abandonner ses rêves de littérature pour se consacrer à la vie de tous les jours. Même le jeune beau-frère l'avait poussé à assumer la vie avec plus de sérieux. Erlis avait toléré leurs exhortations qu'à l'époque il avait qualifiées d'erreur de jugement, sachant qu'ils l'aimaient bien. De son côté, il les avait soutenus d'une manière maternelle dans leurs si nombreux malheurs. Le dernier en date, la mort de la petite fille, avait profondément secoué Erlis, et il avait décrit et analysé l'épisode à plusieurs reprises dans des ébauches de nouvelles qu'il n'avait jamais terminées, mais non plus détruites, et qui gisaient au fond d'un de ses tiroirs dont l'existence était ignorée de tout le monde, même de sa femme. À l'époque on ne connaissait pas encore le médicament puissant qui rend la diphtérie désormais moins dangereuse, et on n'avait pas encore trouvé le moyen de faciliter la respiration du malade sans devoir entreprendre cette grave opération qu'est la trachéotomie. L'enfant qui suffoquait avait dû attendre des heures durant l'arrivée du médecin. Le vieux Miller courait à travers la ville, hurlant comme un fou. Il obtenait la promesse que le médecin viendrait sur-le-champ et rentrait chez lui avec l'espoir que l'enfant s'était rétablie toute seule. Il ne supportait pas de la voir dans un tel état et se remettait en quête de quelque autre médecin qu'il réveillait dans la nuit. Finalement, à deux heures du matin, l'opération eut lieu. Erlis tenait la fillette dans ses bras tandis qu'on lui ouvrait la gorge. La petite condamnée revint très vite à elle et sourit à son oncle. Elle était âgée de six ans et, ayant grandi au milieu d'adultes qui ne vivaient que pour elle, elle était devenue une petite bonne femme vraiment précoce et un tantinet bavarde. À présent, rendue aphone par l'opération, elle ne pouvait parler. Erlis ne devait jamais oublier cette souffrance muette et digne. Elle expira à l'aube, avec une grimace qui pouvait être un sourire ou une envie de pleurer. Erlis était demeuré là pour tenir compagnie au vieil homme et à son beau-frère, et il avait versé des larmes avec eux.

La vie avait glissé sur tout cela et maintenant, entre lui et Miller, il n'y avait plus aucun point commun. Néanmoins, se trouvant en présence du vieillard, Erlis éprouva une légère émotion. Il ne se rappelait pas bien le vieil homme mais en le voyant, il se souvenait de lui-même, tel qu'il avait été autrefois. Il se souvenait de sa propre jeunesse.

Le vieil homme parut ému de le revoir et il ne fut pas difficile pour Erlis de se montrer de même. Ils se serrèrent longuement la main, ne se quittant pas des yeux. L'âge avait vraiment sévi sur cet organisme autrefois si solide. Miller s'était fait menu et frêle alors qu'il avait été un homme assez robuste dans le temps. Son visage à la peau sèche était sillonné de rides, et ses yeux étaient un peu trop humides. L'âge avancé est une maladie qui plus que toute autre suscite notre compassion et Erlis oublia le problème du rapport entre emballage et marchandise qui l'avait tant préoccupé peu avant.

Ils se mirent en marche côte à côte. Le vieillard lui avait déjà dit qu'il avait de bonnes nouvelles de son fils et maintenant il s'informait à son tour : « T'es-tu marié ? Combien d'enfants as-tu ? » Et soudain, d'un ton quelque peu sarcastique : « Et la littérature ? » Erlis eut un sourire. La littérature n'était plus un point névralgique. Il raconta avec une modestie de bon ton qu'il s'était mis dans les affaires, se plaignant d'être surchargé. Sa firme portait un autre nom que le sien et il le communiqua au vieillard qui, ancien commerçant, en saisit immédiatement l'importance et fit un bond : « C'est toi le propriétaire de cette firme ? » Le ton était manifestement admiratif et Erlis savoura l'instant. De la sorte, il lui fut facile de retrouver sa vieille affection et ils marchèrent longtemps ensemble. Le vieillard récrimina contre sa belle-fille qui l'avait éloigné de son fils. À présent il vivait seul, de la petite retraite que ses anciens employeurs lui avaient attribuée. Son fils l'aidait largement.

C'était un jour férié, cependant Erlis dut s'arrêter souvent pour saluer des amis avec qui il était en relations d'affaires. Il les quittait après avoir répondu avec assurance aux questions qu'ils lui posaient. Manifestement, le vieillard débordait d'admiration : « Tu es devenu un véritable homme d'affaires, toi ! », s'écria-t-il. « Comme ton père se réjouirait s'il te voyait ! » Erlis aussi parut croire que feu son père aurait été satisfait de découvrir en son fils un tel homme d'affaires. En vérité, vers la fin de sa vie, le vieil Erlis s'était laissé persuader par les ambitions de Roberto et avait espéré le voir acquérir un grand nom dans le monde des belles-lettres. Mais en bon défunt qu'il était, il ne protestait plus à présent et Miller parlait certainement en homme de bonne foi. Et puis il ne doutait pas que le vieil Erlis se serait contenté de savoir que Roberto était un homme fort. Ce qui était important, c'était la réussite, dans n'importe quel domaine. Ils s'étaient ainsi entretenus sur tout ce qui les avait liés, et ceci était suffisant pour renouer les nœuds que la vie même avait noués et défaits. Le vieil homme le tutoyait et lui, retrouvant ses habitudes d'enfant, continuait à dire « vous » au vieil ami. Aucun des deux ne s'apercevait de ce que cette disparité avait d'étrange. Pourtant tous deux savaient que des deux, seul Erlis était l'homme fort. Miller avait été un bon employé et maintenant il percevait une rente qui – comme il le prétendait – lui suffisait. Il avait travaillé toute sa vie durant, dirigé et exploité par les autres, et c'est bien tardivement qu'il avait connu les regrets de s'être montré trop faible et inerte. Ils étaient sur le point de se séparer lorsque Erlis fut frappé d'une idée : « Pourquoi ne viendriez-vous pas dîner chez moi ? » Le vieil homme hésita. On l'attendait pour le repas chez ce qu'il appela sa patronne, c'est-à-dire la personne qui lui louait sa chambre et lui préparait à manger. Puis il accepta. Erlis était très insistant et le vieil homme fut soudain curieux de connaître la demeure de son jeune ami qu'il considérait comme un millionnaire presque. Ils se dirigèrent vers le centre de la ville. Erlis aimait ne pas perdre de temps pour se rendre à ses affaires.

Traîtreusement

Signor Maier se rendit chez signor Reveni encore incertain de ce qu'il allait lui demander : du réconfort ou de l'aide ? Ils avaient été de bons amis toute leur vie. Tous deux, partis de rien, s'étaient constitué une belle fortune à force de travailler l'un comme l'autre du matin au soir, au fil des mêmes années, mais dans des domaines différents de sorte qu'ils ne connurent jamais le moindre instant de concurrence et, bien qu'il ne fût jamais question d'une collaboration quelconque non plus, leur amitié datant de leur prime jeunesse avait résisté inchangée jusqu'à un âge avancé. Inchangée, mais guère vive. Leurs épouses ne se fréquentaient pas. Eux se voyaient chaque jour pendant un quart d'heure à la Bourse. À présent tous deux avaient dépassé la soixantaine.

Maier s'était résolu, au terme d'une nuit d'insomnie, à écrire à son vieil ami pour lui demander un rendez-vous et chemin faisant il avait à l'esprit de lui proposer vaguement de mettre sur pied un appui financier en sa faveur, appui qu'il comptait présenter à son vieil ami comme ne comportant aucun risque pour lui. Certes, il lui semblait que cette aide lui était due. Tant d'années d'une activité honnête et prospère se trouvaient anéanties par un instant d'insouciance ! C'était inadmissible. En vue d'étendre son champ d'activité, le vieux commerçant s'était laissé convaincre de signer un contrat qui le livrait aux mains d'autres personnes, et ces personnes, après avoir exploité tout le crédit qui dérivait de la firme de Maier, s'étaient tout bonnement enfuies de Trieste, n'y laissant que quelques meubles d'aucune valeur. Maier avait décidé de faire face à ses engagements comme son honneur l'exigeait. Mais à présent il lui paraissait injuste de devoir se plier à des obligations qui n'étaient pas les siennes. Si Reveni dont la bonté était notoire acceptait d'en endosser au moins une partie, son sort s'en trouverait allégé. Maier ne se souvenait pas d'avoir jamais refusé une proposition de cet ordre. Il se rappelait (et fort nettement) qu'il avait signé ce contrat aussi (lui semblait-il) parce qu'il constituait une preuve de confiance dans l'humanité, oubliant qu'il y avait été incité en premier lieu par le désir d'accroître ses bénéfices.

Certes, si le destin voulait le favoriser, c'est Reveni lui-même qui, sans être invité à le faire, lui proposerait son aide. Voilà ce qu'il attendait du destin. Alors seulement il dévoilerait son projet d'organisation du secours sollicité, projet qui pourrait être agréé par Reveni au cas où celui-ci se trouverait dans l'état d'esprit d'assumer pareil risque. Maier avait l'impression que le risque était nul. En tout et pour tout il demandait un crédit à long terme, sachant qu'il le méritait. Bien qu'âgé, il était travailleur et, pour cette seule fois qu'il s'était fait escroquer, il pouvait citer des centaines de cas témoignant qu'il avait échappé à l'escroquerie. C'est pourquoi on n'encourait aucun risque avec lui.

Il gravit l'escalier de la maison des Reveni, située

au centre de la ville et, dès que le valet de chambre eut ouvert la porte, il ne ressentit plus dans son cœur que de l'envie. Lui aussi, pour le moment, avait en sa possession toutes ces tapisseries dans un vaste vestibule bien décoré, et cette même petite pièce tendue de tapis où Reveni et son épouse l'attendaient pour lui offrir une tasse de café. Mais plus pour longtemps. Sa pauvre femme était déjà en quête d'un appartement beaucoup plus exigu et bien plus modeste. Ici, tout avait encore l'apparence solide et sûre de la maison qui existe depuis longtemps et qui longtemps encore continuera d'exister. Chez lui, au contraire, tout s'apprêtait à être dispersé aux quatre vents. Hormis les bijoux de sa femme, chaque chose était encore à sa place mais on eût dit que tous les objets prenaient leur élan pour s'envoler.

Reveni était un homme plus corpulent que lui, et aussi plus chenu bien qu'il eût le même âge. Tel qu'il se montrait là, bien à l'aise dans le grand fauteuil en face de lui qui occupait un siège de la même dimension mais dont il n'utilisait timidement que le bout, il trouva formidable cet homme qui avait accumulé, accumulé, et qui ne s'était pas laissé entraîner à signer le document qui signifiait sa ruine.

Signora Reveni servit le café. C'était une dame qui, même chez elle, se vêtait fastueusement, des flots de dentelles pour une robe de matin qui eût été délicieuse si elle avait paré quelqu'un de plus jeune et de plus beau.

Maier avala une petite gorgée de café tout en pensant : « Va-t-elle nous laisser seuls, celle-là ? »

On eût dit que la dame avait ressenti aussitôt le besoin de le prévenir qu'elle n'avait aucune intention de les laisser seuls.

Elle l'informa que son Giovanni ne se portait pas

très bien depuis quelques jours, qu'il restait chez lui l'après-midi, et qu'elle veillait sur lui.

Maier trouva étrange qu'un homme qui avait tout l'air d'être en très bonne santé et qui venait de se lever de table pût éprouver le besoin non seulement de passer l'après-midi à la maison mais aussi d'être sans arrêt surveillé par son épouse. Il crut devoir en déduire que mari et femme s'étaient déjà entendus pour ne lui concéder aucun secours. Il se rappelait que l'épouse était réputée pour être la plus dure des deux et Reveni lui-même lui avait raconté une fois comment elle avait pu le libérer d'un parent pauvre qui l'importunait pour solliciter son aide pécuniaire. Voilà qu'elle s'était précipitée à la rescousse dès qu'elle avait appris qu'il avait demandé cet entretien.

Il se sentit humilié, voire offensé. On ne pouvait tout de même pas le comparer à un quémandeur pauvre et insistant. Il se présentait, au contraire, avec une proposition commerciale susceptible d'offrir à Reveni une compensation non négligeable si celui-ci consentait à participer à son arrangement. Il voulut se dresser, se purifier de toute infériorité. Lui aussi se carra dans son fauteuil, imitant justement l'attitude de Reveni. D'un léger signe de tête il témoigna son remerciement à la dame qui lui tendait une tasse de café. Son effort fut tel qu'il se sentit vraiment purifié de toute infériorité. Il ne ferait aucune proposition à Reveni. Il prétendrait qu'il avait demandé cet entretien pour une tout autre raison. Laquelle ? Du fait que les deux vieux amis n'avaient jamais été en relations d'affaires il n'était pas facile d'en trouver une. Ne pouvant parler affaires il se demanda dans quel autre domaine le conseil de Reveni pouvait bien lui importer et se rappela qu'un ami l'avait vaguement consulté quelques semaines plus tôt au sujet de son éventuelle candidature au conseil municipal. Peut-être pouvait-il lui demander un avis à ce propos.

Mais Reveni bondit d'emblée dans le sujet qui avait amené Maier à se rendre chez lui. « Ce Barabich ! », s'écria-t-il, « un homme comme lui, issu d'une bonne vieille famille triestine, se laisser entraîner à commettre une pareille action ! Et où se trouve-t-il à l'heure qu'il est ? Le bruit court qu'il a pu parvenir à Corfou ».

Une telle entrée en matière parut à Maier ne constituer en aucun cas la voie d'accès à cette proposition de secours qu'il attendait du destin. Tant s'en faut ! On eût dit que Reveni s'apitoyait davantage sur l'escroc que sur l'escroqué qu'il était.

Il s'étala mieux dans le fauteuil, veillant à tenir dans ses mains peu sûres la petite tasse de café et s'efforçant de prendre un air d'indifférence décidé : « Tu comprends que j'étais tenu de porter plainte. Qu'il échappe des mains de la justice m'est complètement égal à présent. »

Signora Reveni avait versé le café pour son mari et, les yeux rivés sur la petite tasse, elle fit quelques pas vers lui avant de se retourner pour dire à Maier d'une voix affligée : « Il y a une mère aussi ! » Comme pour sa robe, pour le son de sa voix et pour chacun de ses mouvements, la dame s'appliquait à empreindre de douceur même le sens des mots. C'est pourquoi, dans cet événement qui marquait la perte de Maier, elle mentionnait en premier lieu la mère de l'escroc. Et dire que cette bonne femme, avec les airs de grande dame qu'elle se donnait, avait été dans sa jeunesse une chanteuse de café-concert qui s'était dénudée devant tout le monde aussi longtemps que ça en avait valu la peine. Aurait-elle gardé quelque rancune contre lui parce que dans le temps il avait tenté de dissuader Reveni de l'épouser ?

Il n'était plus possible de feindre l'indifférence. Rouge de colère et souriant amèrement, Maier s'exclama : « Vous comprenez qu'il m'est loisible de me ficher de cette femme puisque à cause de son fils une autre mère souffre durement, je veux parler de ma femme. »

« Je vois, je vois », murmura toujours avec la même douceur signora Reveni et elle s'installa sur une chaise à côté de la petite table, versant de la cafetière fumante une tasse de café pour elle-même.

Elle commençait à voir, semblait-il, mais elle ne voyait pas tout, car si elle avait tout vu, elle aurait dû dire forcément qu'elle ou son mari étaient prêts à donner un coup de main, ou alors qu'ils ne voulaient rien entendre.

Reveni s'interposa. Il parut avoir compris que l'histoire devait être considérée vraiment sous un seul angle, celui qui concernait son pauvre ami. S'étalant avec embarras dans son fauteuil, il regarda en l'air et grommela : « Une sale affaire, une bien sale affaire ! » Il poussa un soupir et ajouta, fixant finalement les yeux sur Maier : « Il t'est arrivé une bien vilaine aventure ! »

Cela voulait dire en plus que l'aventure était vraiment si vilaine que personne ne songeait à intervenir pour la rendre plus supportable. Donc pas question d'un secours quelconque et Maier pouvait se dispenser de l'humiliation de le solliciter. Il se leva, posa sa tasse qu'il avait dû vider sans parvenir à sentir le goût du café et, après avoir repris sa position dans le fauteuil, dit avec un geste d'indifférence : « En somme il s'agit d'argent, de beaucoup d'argent, mais pas de la totalité. Je regrette que mon avoir se trouve ainsi diminué pour mon fils mais de toute manière il recevra à ma mort plus d'argent que je n'en ai jamais eu à la mort de mon père. »

Reveni cessa de se prélasser dans son fauteuil dans la pose de celui qui ne veut pas entendre plus qu'il ne lui convient et s'écria avec un sincère accent de joie : « Ce que je supposais était donc vrai ! La vilaine aventure ne t'a pas causé tout ce tort dont on parle en ville. Permets-moi de te serrer la main, mon bon ami. J'en suis plus heureux que si j'avais gagné à l'instant même je ne sais quelle somme. » Il était bien éveillé à présent. Il s'était même levé de son fauteuil pour arriver à serrer la main de Maier. Celui-ci ne put simuler une grande reconnaissance à toute cette manifestation de joie et laissa traîner une main inerte dans celle de l'ami, de sorte que l'autre reprit son fauteuil. Maier se dit : « Ils s'associent à ma joie mais ne surent d'aucune façon s'associer à ma douleur. » Il repensa un bref instant aux comptes qu'il avait effectués ce jour-là : cette aventure avait englouti toutes ses possibilités, vraiment toutes, et il n'était même pas sûr que d'autres obligations dont il ne pouvait absolument pas s'acquitter à l'heure actuelle ne sortent encore d'un tiroir inconnu. Son fils n'hériterait pas le moindre sou s'il ne se mettait à travailler activement pendant ce peu de temps qu'il lui était encore concédé de vivre. Mais tant qu'il avait été seul avec lui-même, il avait su faire des comptes et aboutir à des conclusions précises. Maintenant, en présence de cet ami, il ne voyait plus les choses aussi clairement. Ne valait-il pas mieux dissimuler, à lui aussi, sa vraie position afin de reconquérir le crédit qui lui était nécessaire pour poursuivre son travail ? Ce dessein de bonne tactique, non encore bien analysé, le raviva à son tour. Pour exprimer elle aussi sa joie à la bonne nouvelle, signora Reveni lui offrit une autre tasse de café et il l'accepta avec un sourire reconnaissant qui lui coûta un immense effort. En attendant, pour témoigner sa gratitude, il avala tout ce café contre son habitude.

Reveni eut l'impression que du moment que l'on savait que l'affaire n'était pas si grave pour Maier, on pouvait en parler librement : «Je t'avoue que personnellement je ne me serais jamais fié à Barabich. Pour ma part, je n'ai appris votre association qu'une fois que l'affaire était bel et bien conclue. Mais à Trieste personne n'ignorait que toutes les affaires dont Barabich était le promoteur finissaient toujours par mal tourner.»

«Bien sûr! Mais pas de cette façon!», protesta Maier. «Il semblait au contraire que sa gestion n'était jamais en cause mais que chacune de ses entreprises s'était trouvée contrecarrée par l'adversité.»

Reveni fit un geste sceptique. «Quant à moi, je ne fais pas confiance à quelqu'un qui tant de fois se remet à flot et tant de fois coule à pic. Nul doute qu'il ne sait pas nager. La carrière de Barabich a commencé avec cette entreprise de chargements de riz en provenance de Chine qui fit grand bruit il y a une dizaine d'années. Que d'argent jeté à la mer à cette époque! Puis on l'improvisa promoteur d'industries. Il est vrai que les industries conçues par lui ont en partie bien marché aussi. Mais sans lui car, à un moment donné, on éprouvait le besoin de se séparer de lui. Rien de mal ne fut jamais dit à son sujet, loin de là, on parla beaucoup de son honnêteté mais personne ne sut jamais nous dire pourquoi il ne faisait plus partie de ces firmes. Et de quoi vécut-il ensuite? Jusqu'au moment où il sut t'appâter il ne faisait que parler, parler! Il parla de la colonisation de l'Argentine, de toutes sortes d'affaires qui ne pouvaient pas lui rapporter grand-chose puisqu'il ne les fit pas. Puis il découvrit un autre pays éloigné, la construction d'automobiles, et il semblerait incroyable qu'un homme de ton expérience ait voulu le suivre dans ce pays. »

C'était terrible pour Maier que Reveni eût raison. Il se rappela comment il avait été alléché par les perspectives d'énormes gains immédiats. Mais pour sa défense, il se rappela aussi combien il avait eu de l'affection pour cet homme plus jeune que lui, si sûr de lui-même, si savant en la matière qu'on eût dit un technicien. Et il ne voulut évoquer que cette affection : « Je fus incité à entrer dans cette affaire également pour aider Barabich. J'avais de la peine de voir cantonné dans une situation médiocre un homme aussi doué. »

Reveni se tut un bref instant comme s'il hésitait à répondre. Puis il posa sur Maier un regard perçant comme s'il voulait s'assurer que l'autre parlait sérieusement. Ensuite il se souvint de quelque chose qui le décida et il dit en riant, tentant vainement de faire rire son interlocuteur : « Te rappelles-tu le vieil Almeni ? À cause de lui nous fûmes, toi et moi, impliqués ensemble pour la première et dernière fois dans la même affaire. Tu ne t'en souviens pas ? À force d'insister Almeni était parvenu à nous réunir, toi, moi et deux autres de nos amis, en vue de décider si on devait lui fournir les fonds nécessaires à l'ouverture d'un bar quelque part au centre de la ville, dont lui et son fils seraient les gérants. Il s'agissait de faire une installation somptueuse, donc à grands frais, la réussite de l'entreprise en dépendant. Ni toi ni moi ne comprenions bien ce que pouvait être une entreprise du genre mais un autre des associés présumés nous l'expliqua, doutant fort qu'une telle spéculation pût avoir du succès dans notre ville. Et l'on finit par conclure que la meilleure partie de l'affaire consisterait en la grande aide que l'on accorderait de cette façon à Almeni, un honnête homme âgé, chargé de famille et qui, en dépit de tant de bonnes qualités n'était pas parvenu, lui non plus, à émerger d'une situation médiocre. Alors nous intervînmes nous deux, c'est-à-dire moi, et toi aussi, et déclarâmes sans ambages que certes en ce monde il fallait faire des affaires et aussi de bonnes actions, mais qu'une bonne action sous la forme d'une affaire était assurément une mauvaise affaire, d'autant plus que ce n'était plus une bonne action. À la fin nous nous mîmes tous d'accord pour allouer un petit secours au vieil homme qui méritait cela et rien d'autre. J'ai un souvenir précis de ton raisonnement logique et je m'étonne que toi tu l'aies oublié. »

Maier voulut se défendre énergiquement. C'en était trop que Reveni ne voulût pas le secourir et prétendît de surcroît avoir raison. « Évidemment il y a une grande différence entre Almeni et Barabich. Almeni était une vieille brute quelconque et Barabich un jeune homme astucieux et cultivé dont le seul défaut consistait à être voleur. »

Maier avait prononcé ces mots avec tant de passion, la rancœur avait si vivement enflammé son visage que signora Reveni crut bien devoir intervenir afin d'éviter un désaccord trop vif. Elle avait rencontré la veille signora Maier accompagnée de sa fille. « Charmante votre fille avec ses yeux innocents de gazelle. » La gazelle était une bête douce et signora Reveni l'incluait dans son vocabulaire.

Maier ne se laisserait pas amadouer, dût-on le comparer lui-même à une bête délicieuse. Un souvenir lui traversa l'esprit. Non seulement il n'avait pas oublié l'épisode de cet Almeni mais il était sûr que c'était précisément lui-même qui avait fait le raisonnement dont Reveni prétendait à présent être l'auteur. Il avait été si clairvoyant à l'époque et à présent on ne lui rappelait son intelligence que pour lui imputer avec plus de force l'erreur qu'il venait de commettre.

Ému de compassion envers lui-même, ayant même les larmes aux yeux, il dit à Reveni : « La vie est longue, trop longue, et elle se compose de tant de jours dont chacun est susceptible de donner le temps de commettre une erreur qui suffit à annuler l'intelligence et l'assiduité de tous les autres jours. Un seul jour... contre tous les autres. »

Reveni regarda ailleurs, peut-être sur sa propre vie pour découvrir le jour où il avait commis l'erreur qui eût pu compromettre l'œuvre de tous les autres jours. Il acquiesça d'un signe de tête, rien que pour apaiser son ami probablement. Il ne parut pas agité à l'idée d'un danger qu'il avait encouru ou qu'il risquait de courir. « La vie est longue, dit-il, oui, très longue, et très dangereuse. »

Maier sentait que l'autre ne savait pas se mettre à sa place mais ne s'en irritait pas car chacun sait combien il est difficile de même penser au froid dont pâtissent les autres quand on est soi-même douillettement au chaud, lorsqu'il s'aperçut que l'épouse ne quittait pas son mari des yeux tandis qu'il parlait, avec un sourire plein de confiance, d'abandon. Elle semblait vouloir dire : « Quelle étrange supposition ! Oh non ! Tu ne peux pas te tromper, toi ! »

Son antipathie envers cette dame s'accrut en conséquence si vivement qu'il se refusa à devoir supporter davantage sa présence. Il se leva et se força à accomplir un geste de courtoisie. Il lui tendit la main, prétextant une affaire urgente qui l'obligeait à se retirer. Il s'était promis de se rendre le lendemain au bureau de Reveni, non plus pour solliciter un appui financier mais en vue de le convaincre que la vie était longue et qu'il ne fallait pas condamner un homme dont un jour, un seul jour parmi tant d'autres, avait été insensé. Prenant congé de la dame il tournait le dos à Reveni qui émit soudain un son étrange. D'une voix plus basse que d'ordinaire et d'un ton calme, il prononça un mot incompréhensible. Maier tenta par la suite de se rappeler ce mot mais n'y parvint pas car il est difficile de se souvenir d'une suite de syllabes dénuées de sens. Il se retourna avec curiosité tandis que l'épouse se précipitait vers son mari, lui demandant avec terreur : « Qu'est-ce que tu as ? »

Reveni était affalé dans le fauteuil. Il put encore cependant, au bout d'un moment, donner à sa femme une réponse claire, comme s'il s'était remis : « J'ai une douleur ici ! », accompagnant ces mots d'un mouvement de la main qui n'atteignit pas le point voulu mais demeura suspendue au-dessus de l'accoudoir du fauteuil. Puis, plus rien, il resta inerte, la tête penchée sur la poitrine. Il exhala encore un soupir qui semblait être une plainte, puis plus rien. Sa femme le soutenait, lui hurlant dans l'oreille : « Giovanni ! Giovanni ! Qu'as-tu ? »

Maier sécha les larmes qui avaient embué ses yeux à la pensée de ses propres malheurs et se tourna vers l'ami. Il avait déjà deviné ce qui survenait mais se trouvait encore tellement plongé dans ses propres affaires que sa première pensée fut : « Il s'en va ! Voilà que, l'eût-il même souhaité, il ne pourra plus m'aider. »

Il dut se faire violence pour se secouer virilement

de cet égoïsme abject. Il se dirigea vers la dame et lui dit avec douceur : « Ne vous alarmez pas, madame ce n'est rien d'autre qu'un évanouissement. Voulez-vous que j'appelle le médecin ? »

À genoux devant son mari, elle tourna vers Maier un visage ruisselant de larmes mais que l'espoir suscité par ces mots détendait manifestement. « Oui ! Oui ! Appelez-le ! », et elle lui donna un numéro de téléphone.

Maier se dirigea promptement vers l'endroit d'où il était venu mais la dame, toujours agenouillée, poussa un cri : « Par là ! », cri qu'un sanglot rendit plus courtois. Maier ouvrit alors la porte du côté opposé et se trouva dans la salle à manger où deux servantes s'affairaient pour desservir la table. Il leur demanda de se précipiter dans la pièce voisine pour aider la dame et appela aussitôt le numéro qu'elle lui avait donné.

Il n'obtint pas la communication sur-le-champ et, dans son impatience, se demanda avec angoisse : « Est-il en train de mourir ou est-il déjà mort ? »

Mais ces quelques instants d'attente se remplirent ensuite de sa propre commisération : « C'est ainsi, c'est ainsi que l'on meurt ! » Et puis : « Il ne peut plus rien accorder, mais non plus refuser. »

Le docteur lui promit de venir sur l'heure. Il posa alors l'écouteur mais ne reprit pas aussitôt le chemin du petit salon. Ses regards parcoururent la pièce : quel luxe ! Après le mariage de Reveni, leurs rapports s'étaient largement espacés, et les épouses ne se recevaient pas. Il voyait donc cette salle à manger pour la première fois. De grandes fenêtres laissaient pénétrer des flots de lumière que réverbéraient les marbres des plinthes, les ornementations de galons d'or aux portes, la cristallerie restée sur la table.

Toutes choses bien solides, bien à leur place, car des sottises, le pauvre homme dans la pièce voisine n'en avait jamais faites, encore moins était-il susceptible d'en faire à présent.

« Lequel de nous deux est le mieux loti, lui, ou moi ? », se demanda Maier. Avec l'aide des servantes, signora Reveni avait étendu le corps de son mari sur le sofa. Elle s'affairait encore autour de lui, lui avait inondé le visage de vinaigre et tenait un flacon de sels sous son nez. C'était de toute évidence un cadavre. Ses yeux étaient clos mais le globe de l'œil gauche saillait visiblement.

Se sentant si étranger à cette femme, Maier n'osa proférer un mot. Il se souvint de l'adresse de leur fille et pensa retourner au téléphone. Puis il se ravisa et décida de se rendre personnellement chez elle. Elle demeurait non loin de là.

« Je pense », dit-il d'un ton hésitant à signora Reveni, « qu'il vaudrait mieux que j'aille moi-même avertir signora Alice que son père a eu un malaise ».

« Oui, oui ! », répondit la dame en sanglotant.

Il sortit au pas de course. Non pour se hâter car Reveni n'avait plus besoin de l'aide de personne, mais pour s'éloigner de ce cadavre.

Chemin faisant il se répéta sa question : « Lequel de nous deux est le mieux loti, lui, ou moi ? » Comme il était paisible, allongé sur ce sofa ! C'est étrange ! Il ne se vantait plus de ses succès magnifiés par les erreurs de Maier. Il avait réintégré la généralité et de là il contemplait, inerte, le globe oculaire saillant dépourvu de joie ou de douleur. Le monde allait de l'avant, mais cette aventure en démontrait l'entière nullité. L'aventure qui arrivait à Reveni dépouillait de toute importance celle qui était survenue dans sa vie.

Marianno

I

Lorsqu'on demandait à Marianno des détails sur sa jeunesse il ne savait pas en dire grand-chose. Peu de souvenirs avaient subsisté de son séjour à l'orphelinat. Son esprit s'était sans doute ouvert le jour où il le quitta. Alessandro, son futur patron, était venu le chercher en habits du dimanche, et il se le rappelait qui promettait, avec son sourire affable et affectueux, de prendre bien soin de lui. Puis, un autre souvenir émergeait de cette même journée, mais comment pouvait-il en parler alors qu'il ne savait pas de qui il s'agissait ? Voilà ! Quelqu'un, en se séparant de lui, avait pleuré. Lui, qui aspirait si ardemment à quitter ce misérable lieu, avait été surpris de sentir des larmes inonder son visage. Qui pouvait bien avoir pleuré pour lui ? À son tour il s'était mis à verser des larmes et c'est pourquoi il avait encore présent à la mémoire avec tant de précision son départ de l'orphelinat, et c'est pourquoi il oublia de bien regarder la personne qui avait pleuré pour lui. Lorsqu'on se trouve entre amis à l'auberge on invente facilement et Marianno, parlant du jour de son départ de l'orphelinat, racontait qu'on lui avait remis une médaille en or qui devait lui permettre de se faire connaître par sa mère. Il l'avait vendue par la suite. Il n'y avait pas un mot de vrai dans cette histoire. Ce qui, en revanche, était vrai, c'est que ce jour si impatiemment attendu avait fini par être un jour de larmes.

Une longue période grise s'ensuivit. Maman Berta l'aimait bien mais dans la maison guère cossue il occupait une chambrette sans fenêtre où l'on suffoquait l'été, véritable nid de moustiques et autres insectes. Il mangeait de la polenta à volonté, arrosée d'un bouillon de poisson ou accompagnée d'un petit morceau de fromage. Le patron, Alessandro, qui avait engagé Marianno comme aide dans son atelier de tonnelier, le traitait avec assez d'humanité. Il l'autorisait à venir plus tard le matin et lui permettait même de prendre quelque distraction au cours de la journée dans la *calle* voisine avec d'autres garçons de son âge. À l'atelier ses seuls compagnons étaient les tonneaux. Alessandro était un homme souriant qui aimait raconter de bonnes histoires et Marianno le flattait inconsciemment lorsqu'il suspendait son travail pour l'écouter bouche bée. Il était bien agréable d'interrompre un instant l'équarrissage des douves ! Le coutelas pesait dans la petite main ! Et du métier de tonnelier on ne lui enseigna rien d'autre qu'équarrir et scier les douves. Il équarrit et scia des montagnes de douves, de celles à l'état brut et noueuses de résine. Alessandro était autour de la quarantaine et se voyait vieillir. N'ayant qu'une fille, il avait eu l'idée de se procurer un assistant à l'orphelinat. Il s'était épris des boucles blondes et des bons yeux bleus de Marianno et l'avait choisi comme au marché. Quant à Berta, elle affectionna l'enfant pendant plusieurs années. Et longtemps après, Marianno se souvenait encore d'une maladie qu'il avait eue et des soins qui lui furent prodigués. Il se revoyait, couché sans forces dans un lit blanc de la chambre la plus lumineuse de la maison. Maman Berta appliquait des compresses sur sa tête brûlante et Alessandro quittait à tout bout de champ son atelier et se précipitait prendre de ses nouvelles. Il arrivait avec son davier, s'installait au chevet de l'enfant et lui racontait des histoires drôles pour lui remonter le moral. Malgré la fièvre, Marianno souriait mais chaque mot battait contre ses tempes comme le coutelas sur les douves. Il souriait cependant et Alessandro appelait Berta pour lui faire voir qu'il souriait et, de joie, Berta lui donnait un baiser. Puis ils s'en allaient finalement et Marianno restait seul, livré à son délire. Il ramait tout seul dans une barque, de celles qui exigent du rameur tellement de force et d'équilibre. Il sortait d'un *rio* étroit et débouchait dans le Canalazzo que le soleil inondait de lumière et de chaleur. Son esquif filait comme s'il lui avait donné un élan trop vigoureux ou qu'il était entraîné par l'eau. Marianno déramait mais ses efforts étaient vains et la rame risquait de lui échapper à tout instant. Un petit bateau à vapeur s'avançait justement vers lui et, tout près de lui, un gondolier droit et calme sur sa rame disait : « Il rame au lieu de téter. » Marianno se mit à hurler de peur et de honte. Berta, vigilante, était penchée sur lui et pendant de nombreuses années on rit en famille des mots que Marianno avait dits : « À l'aide ! La rame m'échappe ! » Sa convalescence terminée, Alessandro lui dit : « Quitte la rame et reprends le coutelas ! » C'est justement après cette maladie qu'une petite ombre se profila entre sa famille adoptive et lui. Le jeune garçon eût aimé voir se poursuivre la sollicitude dont il avait été l'objet au cours de sa maladie. Mais Alessandro avait besoin de travail. Le gamin qui, au crépuscule, en décembre, aurait voulu rentrer chez lui, avait lâché la douve sur laquelle il travaillait et, couvrant son visage de ses deux mains, s'était mis à pleurer. Oh! Comme la maladie était belle et que les gens en bonne santé étaient malheureux parce qu'il fallait qu'ils travaillent! Alessandro interrompit son ouvrage à son tour pour lui faire un sermon à n'en plus finir. Marianno avait été accueilli chez eux par commisération. Que serait-il devenu s'ils n'avaient pas eu cette compassion? Puis il était tombé malade et ils l'avaient soigné. Le médecin avait coûté tant..., les médicaments... tant, et puis, durant toute cette période, Alessandro avait été contraint de faire le travail d'équarrissage tout seul. Il est vrai qu'il les équarrissait mieux, parce que Marianno n'avait pas encore compris au bout de deux ans de pratique qu'il fallait respecter les mesures. Et Alessandro allait chercher un tonneau fabriqué avec les douves équarries par Marianno avant sa maladie, et lui montrait que les douves avaient été sciées au mauvais endroit, de sorte que la partie pansue du tonneau ne se trouvait pas au milieu.

Le jeune garçon sembla avoir compris et se remit au travail. Il ne garda nullement rancune de la semonce; seulement il se sentait mieux informé sur lui-même. Pour finir il lui était resté dans la conscience l'avertissement qu'il devait travailler s'il ne voulait pas se faire renvoyer.

Il affectionnait Alessandro. Dans sa faiblesse enfantine il ressentait auprès de lui un sentiment de sécurité. Alessandro était si bon que sa bonté s'amplifiait lorsqu'il était ivre. Selon la tradition des tonneliers, cela se passait le lundi. Le matin, Alessandro disparaissait de l'atelier pendant une demi-heure. Il disait ensuite qu'il avait bu un cinquième de litre mais, à en juger par l'effet, ce devait être un cinquième abondant. Puis il travaillait encore deux petites heures mais ne pouvait se taire et Marianno, par respect, prêtait une oreille attentive, son coutelas suspendu au-dessus de la douve qui n'avançait pas. Alessandro faisait le récit de sa jeunesse et racontait comment il avait refait six ans de suite la même classe. Il avait donc été à l'école. Puis il évoquait son manque de force, raison pour laquelle il avait été si pacifique toute sa vie. On lui avait proposé une fois de le tremper de vinaigre pour stimuler sa vigueur mais il s'y était refusé car l'homme fort encourt de grands dangers. Et son expérience de déferler, de toutes les personnes fortes qu'il avait vues en danger, entraînées qu'elles étaient par la conscience de leur force. Lorsqu'il y avait une bagarre dans la rue, les forts accouraient tandis que lui se précipitait à la maison où il était mieux protégé que tous les forts de cette terre. C'est justement quand Alessandro se trouvait dans cet état d'ébriété qu'il avait constamment sur les lèvres un sourire d'homme supérieur et sûr de lui. Son petit visage, qu'une maigre moustache grisonnante rougie par le vin enlaidissait, se faisait tout malicieux.

Adèle, la fille de Berta, était de peu l'aînée de Marianno. Elle était si mignonne avec son châle noir trop grand et trop lourd pour ses frêles épaules d'adolescente de quatorze ans! Marianno qui en avait douze lorsqu'il était entré dans la famille s'était attaché à elle et lui témoignait beaucoup d'affection. Son petit visage rond qu'encadrait une chevelure d'un fauve tirant sur le noir, coupée court, ses petits yeux bruns comme ceux de son père mais mieux taillés que les siens, dégageaient une impression de douceur à croquer. Au début elle avait protégé le petit collaborateur de son père, prenant des airs prétentieux de petite maman, et une telle protection fut quelquefois utile au gamin. Ainsi, lorsque peu après la guérison de Marianno, elle était tombée malade à son tour, avec des symptômes que le médecin jugea semblables à ceux qu'avait présentés le jeune garçon, ce qui lui donna à penser qu'elle avait attrapé sa maladie, le cœur maternel de maman Berta fut envahi par un besoin impérieux de vengeance. En présence de la malade, elle flanqua au gamin une belle taloche, suivie d'un coup de pied qui l'envoya rouler hors de la chambre. Marianno se serait bien esquivé, se contentant de frotter la partie lésée, conscient de sa culpabilité, sans larmes, heureux que le dernier coup l'eût mis en lieu sûr. Mais Adèle, en proie à la fièvre, se mit à hurler comme si elle-même avait été battue, et il fallut que maman Berta se précipite à la recherche du garçon qui s'était caché et, lui promettant de ne plus le cogner, le tire d'une grande armoire vide où il avait trouvé refuge. Berta ne tint d'ailleurs pas sa parole car elle le saisit si violemment par le bras pour le jeter sur le lit d'Adèle qu'elle lui laissa des marques dans la chair. Les deux enfants pleurèrent ensemble. Adèle, agitée par la fièvre, n'arrivait plus à se calmer ; couchée sur le dos, sa petite main dans les boucles de Marianno, elle se vidait littéralement de toutes les larmes de son corps. Marianno, dont la position sur le lit était à découvert pour recevoir d'autres coups, exagérait ses pleurs qui découlaient aussi du remords d'avoir fait tant de mal à sa petite maman.

    Alessandro qui arriva à la maison sur ces entrefaites, un peu gris et par conséquent meilleur encore que d'habitude, lui fit changer d'avis. En premier lieu il se montra ému de la bonté de sa fille et énormément irrité de la brutalité de son épouse. Il n'en finissait plus! Lorsqu'il avait bu, il s'exprimait au moyen d'exemples. Il proposait à sa femme de s'imaginer un instant que la maladie l'avait frappée, elle, au lieu de Marianno. Qui l'aurait battue alors? Et si c'était lui qui l'avait eue en premier, qui l'aurait battu, lui qui ne se laissait battre par personne?

C'était un élan de bonté qui le rendait aussi héroïque car d'ordinaire, et surtout lorsqu'il était repu, il traitait maman Berta avec beaucoup de considération, d'autant plus que celle-ci, avec quelques menues affaires de gages, représentait une partie assez considérable du revenu familial.

Piquée, maman Berta quitta la pièce et, ce faisant, elle le poussa, de sorte qu'il chancela et s'écroula sur une chaise qui heureusement se trouvait près de lui. Là, par prudence, il resta mais ne se tint pas coi. Et c'est ainsi que Marianno fut instruit en long et en large du grand tort qui lui avait été fait, chose qui l'émut profondément. Et il pleura encore sur le sein d'Adèle: «Je n'ai pas voulu lui faire du mal. Si j'avais su, je n'aurais jamais accepté qu'elle s'approche de mon lit.» Et Alessandro, qui avait trouvé un exutoire à son vin, s'attendrit sur la bonté de sa fille et sur l'innocence de Marianno.

La journée se termina bien. Le médecin annonça qu'Adèle n'avait plus de fièvre. Il était juste que Marianno, qu'on avait puni pour la maladie d'Adèle, fût aussi récompensé pour sa guérison. Maman Berta, faisant mine de céder aux insistances d'Alessandro et d'Adèle, se pencha sur Marianno et lui donna un baiser. Baiser glacial! Et Marianno se dit: «C'est moi qui l'emporte, mais toi tu ne m'aimes pas!»

La vie laisse des sillons moins profonds qu'on ne

le croit, ou du moins elle avance comme la charrue : le nouveau sillon efface l'ancien. Maman Berta ne lui avait pas témoigné de tendresse ce jour-là mais elle ne manquait pas de lui donner la pièce lorsqu'elle avait besoin de lui pour l'envoyer à toute heure faire un achat ou transmettre un message. En revanche, Alessandro l'aimait bien mais le peu d'argent qu'il avait en poche, il le buvait en entier. Or, tant que dura son affection puérile et soumise pour Adèle, Marianno dépensa avec le plus grand enthousiasme les maigres sous que lui donnait Alessandro pour acheter des friandises à la jeune fille. Il se souvenait de cela même des années plus tard. Il se souvenait de la longue *calle* tortueuse qui résonnait de ses petits pas bruyants, chaussé de sabots comme il l'était. Il possédait quinze centimes et calculait qu'il pourrait en dépenser dix et garder cinq pour les faire tinter quelques jours dans sa poche. La vendeuse de la misérable petite boutique enfourchait ses lunettes et mettait sur la bascule un minuscule tas de sucreries. Elle s'apprêtait à l'envelopper quand Marianno, rapidement résolu, sortait ses derniers cinq centimes et faisait augmenter la quantité. La vieille femme, agacée, ajoutait alors, selon Marianno, moins que ce qui lui revenait et Marianno engageait une discussion : dix centimes équivalait à telle quantité, cinq devraient donner la moitié en plus. La petite vieille ajoutait encore un bout de sucre et Marianno avait des ailes pour se précipiter à la maison, s'attendant à une explosion de joie de sa petite maman. C'était elle qui était la plus sensée ; elle donnait à Marianno un petit morceau de cette confiserie et se bornait elle-même à en manger très peu. L'élan de générosité et d'affection qui avait incité Marianno à acheter des friandises diminuait les jours suivants.

Il recevait deux ou trois fois encore un petit morceau, et bien vite il n'y en avait plus. Force lui était de constater, avec une certaine amertume, que son amie avait fini toute seule le paquet de sucreries. En outre, imitant sa mère, la petite maman avait pris l'habitude de lever la main sur Marianno qui se révolta. Les gifles que lui flanquait maman Berta lui apparaissaient assez légitimes; celles d'Adèle l'indignaient et un jour il les lui rendit avec intérêt. Adèle n'aurait jamais supposé une telle force chez Marianno dont le maniement constant du coutelas avait musclé le bras. Elle eut pendant plusieurs jours une joue enflée. Berta s'immisça, évidemment au détriment de Marianno, ce qui déplut à Adèle qui aimait le battre mais non le voir battu par d'autres. Ses larmes réconcilièrent les deux jeunes gens. Dans l'ensemble il n'y avait rien à relever dans leurs rapports. Le sexe projette sa grande ombre dès la prime enfance, et ils ne savaient pas pourquoi ils levaient la main l'un sur l'autre si souvent. Adèle conserva le souvenir qu'elle avait frappé avec plaisir celui qu'elle considérait comme un intrus dans la maison. Marianno raconta à qui voulait l'entendre qu'il avait souffert d'horribles persécutions chez les Perdini. Même la petite Adèle l'avait battu.

Car, en grandissant, l'idée qu'il était une victime surgit enfin dans l'esprit de Marianno. Dans la *calle* où il habitait, il fit la connaissance d'un jeune garçon de son âge, un certain Menina, qui l'emmena chez lui : sa mère voulait sans doute voir le nouvel ami de son fils. Elle l'avait aperçu dans la *calle* et s'était étonnée de le trouver si blond et avec un teint si clair. Marianno n'avait pas plus tôt franchi le seuil de la cuisine au rez-de-chaussée que Teresa, quittant son baquet et sa lessive, s'était mise à le plaindre de n'avoir connu ni père ni mère, s'exclamant : « Pauvre petit ! » N'avait-il jamais vu sa mère, vraiment jamais ? Et le petit Menina (c'était le sobriquet que l'on hérite du père comme nom de famille) s'attendrit à son tour. Le visage blond et jaune, avec deux petits yeux de Japonais entourés de rides causées par l'effort d'accommoder sa vue, ce qui tend les muscles voisins qui ne servent pas, les cheveux crépus comme ceux des Africains, le petit corps fluet, Menina n'avait pas à plaindre le fort et beau Marianno. Mais comment ne pas plaindre celui qui n'avait même pas connu sa propre mère ? Et Menina prenait des airs protecteurs qui émouvaient Marianno. Ils se battaient quelquefois dans la rue pour des questions de jeux et régulièrement Marianno l'étendait à terre et le battait comme si c'était un cercle de tonneau. Le pauvre Menina se relevait, disait qu'il n'avait pas vu, qu'il avait glissé, et ainsi de suite. Mais il ajoutait après, avec un air de bon sens comique : « Eh oui ! C'est moi qui ai eu tort de vouloir me battre avec toi, toi qui n'as pas de mère ! » Et d'un geste affectueux il attirait à lui le beau gamin blond dont il était fier d'avoir l'amitié. Certes, l'influence exercée par Menina ne fut pas des meilleures, car elle mit dans la bouche de Marianno des mots qui rendirent ses rapports avec maman Berta plus froids. Ce sentiment qu'il n'avait pas de mère, il ne le ressentait qu'auprès d'Adèle qui, du fait qu'elle avait une mère, avait aussi un sort meilleur que le sien. En effet, Adèle avait passé sa convalescence au lit pour une bonne *manin** d'or pur autour du cou, les grandes boucles d'oreilles en or aux oreilles, bref toute resplendissante, comme

---

* Mot vénitien pour indiquer la petite chaîne d'or spéciale que l'on offre d'ordinaire aux jeunes mariées. (*N.d.T.*)

une petite madone. Et Marianno, à un moment où il aimait Adèle un peu moins, rappela à maman Berta que sa propre convalescence avait été bien différente. Maman Berta s'emporta contre le petit effronté qui osait rivaliser avec sa fille et, de sa langue de vipère, confirma les théories de Menina. À l'atelier Alessandro mit du baume. Il ne s'agissait pas d'avoir ou de ne pas avoir une mère. Ce dont il s'agissait, c'était de naître fille ou garçon. Les hommes faisaient leur convalescence à l'atelier et les filles dans leur lit. Qu'il regarde plutôt Menina qui rentrait tous les soirs du chantier où il était employé, couvert de goudron ; et même il n'arrivait jamais à se défaire, de ce goudron. Leur métier à eux était bien meilleur car au moins les douves n'allaient pas se coucher avec eux et restaient sagement à l'atelier. Marianno n'était pas si d'accord que ça d'entendre les louanges de leur métier et jetait un regard désespéré sur la montagne de douves qui l'attendait et ne voulait pas disparaître. Il y en avait qui étaient pleines de nodosités sur lesquelles le coutelas résonnait comme sur de la pierre, d'autres présentaient des veinures en alternance et nécessitaient des coups répétés dans tous les sens pour les tailler, et il y en avait qui semblaient régulières mais le coutelas les séparait au mauvais endroit, laissant Marianno, qui avait pourtant bien calculé le coup, interdit et mécontent. Du reste, lorsqu'elles étaient battues, elles dégageaient une poussière de résine qui barbouillait le visage et donnait un goût âcre en bouche, dont il était difficile de se libérer. Le métier de Menina était certainement plus agréable. Bien sûr que le plus beau métier de tous était celui de la friture et lui, puisqu'il n'avait pas de mère, eût aimé être le fils de la marchande qui tenait une boutique près de leur *calle* et débitait chaque jour des quintaux de polenta et des quintaux de poisson frit.

Mais en définitive maman Berta ne lui donnait pas trop à faire, tout au plus quelques grimaces lorsqu'elle avait le dos tourné. Il se souvint, en revanche, d'un problème qui le préoccupa avec une telle intensité pendant plusieurs jours qu'il n'oublia plus l'anxiété avec laquelle il l'avait examiné. Maman Berta lui disait toujours qu'il était méchant tandis qu'Alessandro et Adèle lui disaient tantôt qu'il était mauvais tantôt qu'il était bon. Un jour, entre une douve et l'autre, il se posa la question : « Suis-je mauvais ou suis-je bon ? » L'idée qu'il pourrait être ce qu'il voulait ne lui traversa même pas l'esprit. Non ! On *était* mauvais ou bon, comme on était un chien ou un chat. Le plus étrange, c'est qu'il ne songea pas un seul instant à se pencher sur ses actions pour voir s'il était mauvais ou bon. Il tenait le coutelas inerte dans sa main droite et réfléchissait. Il essayait de se regarder comme on se regarde dans un miroir. Naturellement il voyait de lui-même la taille, la grosseur, la couleur, mais rien d'autre. « Veux-tu avancer ton travail », lui cria Alessandro. Alors Marianno, avec une gravité puérile, lui dévoila exactement ses pensées : « Maman Berta dit toujours que je suis méchant, Adèle et toi vous le dites quelquefois. Suis-je mauvais ou bon ? » Alessandro se mit à rire : « Lorsque quelqu'un est en colère contre toi et te traite de méchant, tu ne dois pas le croire. Et s'il te dit que tu es bon quand tu lui as rendu service, tu ne dois pas le croire non plus. » Marianno reprit ses douves en silence et découvrit finalement qu'on ne lui avait pas fourni une réponse précise à sa question : « Mais moi, je suis mauvais ou bon ? » Alessandro s'irrita en voyant que le travail n'avançait pas : « Tu seras bon lorsque tu auras taillé beaucoup de douves ! » Ce qui fit sourire Marianno. À cet âge-là, chaque sourire envahit les fibres les plus intimes et n'importe quelle méditation est suspendue. Au cours du dîner, Alessandro, tout rouge, et que le vin avait rendu plus génial, revint sur le sujet. « Lorsque maman Berta dit que tu es méchant, tu dois la croire et tu dois me croire lorsque je te dis que tu es bon ! Tu dois discerner avec qui tu parles. Et lorsque je change d'avis et te dis que tu es mauvais, tu dois me croire aussi ! On est mauvais ou on est bon selon l'heure. Tu dois considérer cela aussi ! » Et il tira de son gousset la montre en argent dont il était fier. « Voilà ! Maintenant que tu manges, tu es bon ! Et quand tu dors, n'en parlons pas ! » Mais Marianno, le nez fourré dans son assiette, ne pensait déjà plus à son problème. Nombre d'années devaient s'écouler avant qu'il ne parvienne à saisir l'importance de la question qu'il s'était posée.

Il y eut d'autres moments graves dans son petit esprit que le travail manuel devait engourdir. La petite Adèle passait la journée avec d'autres filles de son âge chez une maîtresse qui leur enseignait à coudre, mais aussi à lire, à écrire et à compter. Maman Berta débours quinze lires par mois pendant toute une année pour parfaire l'éducation de sa fille : elle s'en vantait, oubliant d'ajouter que dans ces quinze lires les frais du déjeuner étaient compris. Mais en définitive on vit quelque livre arriver à la maison et Marianno n'avait pas oublié le peu qu'il avait appris à l'orphelinat. Il garda gravée dans sa mémoire la lecture d'un livre qu'Adèle et lui lurent plusieurs fois de suite de bout en bout. C'était l'histoire d'un jeune garçon qui avait causé de grands chagrins à son père, qui avait exigé ensuite sa part d'héritage et qui, muni de celle-ci, avait quitté la maison paternelle.

En peu de temps, à force de dépenser pour le jeu et pour d'autres choses que le livre ne mentionnait pas, il était resté sans le sou. Puis, avec la douleur, était venu le repentir, et il s'était mis à travailler d'arrache-pied. D'abord comme manœuvre. Puis il inventa une machine qui lui fit gagner des millions. Naturellement, lorsqu'il retourna chez lui avec tout cet argent, son père lui fit un très bon accueil. Et ils furent tous très heureux. Ce fut le livre qui, dans le jeune esprit de Marianno, se mua en sève. Car le papier imprimé fait le récit d'une vie mais en crée une autre, totalement différente, et c'est en premier lieu pour celle-ci qu'à côté de la vie commune et grise de tout le monde, se profile la vie de l'être le plus important de l'univers, soi-même. Les yeux juvéniles, qui absorbaient du papier imprimé le récit puéril, brillaient comme s'ils assistaient aux exploits du héros. Ces lettres alignées avec tant de régularité avançaient comme le temps, inexorables; et lentement on arrivait à percevoir combien injustement le jeune garçon s'était révolté contre son père, et comment ensuite il avait effacé ce comportement injuste en se mettant au travail. Et lorsqu'on relisait encore, il était douloureux de ne pouvoir intervenir et crier au jeune homme : « Fais gaffe ! Tu te repentiras ! » Une page succédait à l'autre et il était impossible d'influer sur les événements, bien qu'ils appartinssent au passé. Ils ne devenaient le passé que lorsque, la lecture terminée, on refermait le livre.

Ainsi le petit ouvrier qui jusqu'alors avait laissé vaguer son imagination sur les historiettes que lui racontait Alessandro, petites anecdotes qui couraient les *calli*, de tours pendables joués aux agents ou de répliques grivoises que le tonnelier s'attribuait même quand d'autres les avaient lancées, ne comptait plus maintenant les douves qu'il devait tailler jusqu'au soir. Cet homme dont il avait lu les aventures, il l'aimait plus que Menina, ou qu'Alessandro lui-même, et même plus qu'Adèle. Pourquoi ne pourrait-il pas aller chez son père et, chargé de millions, se faire aimer de lui et être accueilli avec des réjouissances ? Ce fut par ce livre que, pour la première fois, il apprit à se lamenter sur son propre sort. Il lui semblait que le seul obstacle qui l'empêchait de se mettre dans la peau de son héros et de se livrer à des rêvasseries quelque peu fondées résidait dans le fait qu'il ne connaissait pas son propre père. Comment pouvait-il imaginer ce père ?

Comme à l'accoutumée, il s'arrêta de taper sur les douves pour s'adresser à Alessandro : « Qui sait quel métier fait mon père ? », fit-il, songeur. « C'est sûrement un fainéant comme toi ! » répondit Alessandro en plaisantant. Mais, s'apercevant que Marianno, déçu de ne pas trouver en lui un soutien à ses rêvasseries, faisait triste mine, il s'exclama : « Un sale bonhomme, ça l'est sans aucun doute ! » Un sale bonhomme, c'était déjà une description, et Marianno qui se racontait son propre avenir voyait déjà comment après avoir gagné le million, il allait le porter à ce sale bonhomme qu'était son père, un ivrogne comme le père de Menina. Tant lui que le million recevaient un excellent accueil et même, le père cessait aussitôt d'être un sale bonhomme.

Une autre fois, toujours inspiré par ce livre, Marianno eut une autre idée : « Pourquoi n'inventons-nous pas une machine pour tailler les douves ? » Alessandro le regarda, étonné de l'originalité de l'idée. Puis il rétorqua : « On pouvait tout faire ici-bas avec des machines mais pour tailler ces sortes de douves, il ne pouvait y avoir d'autre machine que celle qui a des yeux et du bon sens. (Tu vois que tu n'en as pas assez.) Et les nodosités ? Et la veinure ? Qui les verrait et comment seraient-elles traitées ? Ouais ! Ce n'est pas une machine, mais des centaines de machines qu'il faudrait pour tailler les douves. Il faudrait d'abord examiner les douves et puis choisir la machine. » Hésitant au début, Alessandro se persuadait de plus en plus que l'idée de Marianno était sotte. Et il le tarabusta pendant plusieurs jours, même à la maison, avec cette idée de construire une machine qui l'exempterait de faire autre chose en ce monde. Maman Berta le traitait de stupide ; Adèle se riait de lui comme de quelqu'un qui aurait eu l'idée d'assécher la mer. Marianno finit par en avoir honte et rouspéta, prétendant qu'il avait plaisanté. On ne lui fit pas grâce. Au contraire, sa machine destinée à tailler les douves résistantes, finit par devenir une machine pour créer les douves. Et lorsque Alessandro demandait de l'argent à sa femme pour aller acheter des douves, il disait toujours à Marianno : « Dommage que ta machine n'existe pas encore ! » L'enseignement imparti à Adèle lui fut bénéfique par d'autres aspects. Les « comptes », comme il les appelait, étaient sa passion. Le calcul représentait un point faible dans la famille d'Alessandro qui, lorsqu'il achetait des douves ou vendait des tonneaux se servait d'une comptabilité précédente, se trompant parfois grossièrement pour avoir sauté une ligne. Marianno apprit bien vite à faire les multiplications, et même la preuve, si bien qu'on put écarter le livre de comptabilité. Et dans son esprit, il se réjouissait de la victoire facile qu'il trouvait dans l'atelier du tonnelier pour avoir fait de nouveaux efforts. Adèle était ahurie de le voir résoudre avec facilité les problèmes qui lui semblaient, à elle, insolubles, les plus longues multiplications et les divisions les plus compliquées. Mais Marianno rêvait aussi de mathématiques. Il personnifiait le nombre un et le considérait moins mobile que les autres. Ce nombre multipliait et divisait un autre et le laissait inchangé ; il ne devenait important que lorsqu'il était tout seul, ou qu'il était suivi de zéros, ou lorsqu'on l'ajoutait ou le soustrayait. Le nombre deux trouvait sa personnification dans une page sur laquelle on écrivait un nombre à l'encre et qu'on pliait en deux pour le reproduire exactement pareil sur le côté opposé. Le nombre n'était d'ailleurs pas indispensable, il suffisait même d'une image, et le nombre deux naissait d'une telle opération. Et dans le nombre deux il voyait le nombre un sans lequel il n'y aurait pas eu d'autres nombres ? Il *regardait* le nombre de douves. Quand il arrivait à en faire plus qu'il n'en fallait à Alessandro, il les rangeait tranquillement en cubes. Il en mettait dix à la base, puis se dépêchait de travailler pour voir le tas s'élever et pouvoir les compter. Ainsi, à vue de nez, il finit par savoir calculer la quantité de douves prêtes en comptant seulement les trois côtés. C'était déjà un beau progrès. Puis il apprit à faire de merveilleuses découvertes. En attendant, lorsqu'il lui fallait multiplier par neuf, il se facilitait le travail en multipliant deux fois par trois. Il s'arrêta longtemps à cette découverte mais put bientôt décomposer n'importe quel multiplicateur. Ces découvertes éveillaient le jeune esprit, en étaient l'aliment nourrissant, parce qu'elles s'accompagnaient de l'effort pour la conquête du savoir. Pour Adèle, les décimales représentaient une chose nouvelle qu'il fallait étudier comme si elles se différenciaient totalement des unités. Marianno comprit d'emblée que c'était une même chose pensée différemment, et il passait avec la plus grande facilité des fractions aux décimales. La douve était une unité un peu dure et lourde et il n'alla pas au-delà. Il s'aperçut très vite qu'il en savait plus long que son entourage et cette constatation contribua à lui faire cesser tout effort pour poursuivre dans cette voie. Il continuait à jouer avec ce qu'il savait mais ne chercha pas à aller de l'avant. Il n'avait pas la vision de la voie à parcourir. Même la maîtresse d'Adèle, d'après ce que racontait la jeune fille, n'était pas capable de faire des multiplications avec la rapidité de Marianno ; il avait donc atteint son but.

La monotonie de la vie à l'atelier était interrompue par une ou deux promenades que l'on faisait tous les mois pour aller chercher les douves et les cercles. Alessandro ramait à l'arrière sur la grosse barque de transport. Il naviguait mal, et tout devenait sujet à discussion là où il passait. Lui qui ne voulait jamais comprendre les règles de fer en vigueur dans le *rio*, s'étonnait que tout le monde voulût avoir raison contre lui. Bien sûr ! On voyait que c'était un faible ! Dans sa barque il se sentait assez en sécurité et se montrait même capable d'adresser des insultes, mâchonnant un peu ses mots mais les disant tout de même. D'une certaine manière, il avait la conviction qu'on ne pouvait avancer dans les *rii* sans lâcher des jurons. Ce qu'il n'avait pas saisi, c'est que pour avancer il fallait aussi ramer, même en étant à l'arrière. Il se poussait d'un édifice à l'autre en s'aidant des mains ou des pieds et la rame n'était vraiment manœuvrée que lorsque ses membres ne servaient pas.

Marianno ramait aussi mais sans se donner trop de mal. Il n'aimait pas cette promenade. Il préférait les *calli* bondées aux *rii* déserts et jetait des regards d'envie sur la foule qui déambulait sur les ponts. Les deux aspects de la ville, l'un joyeux et animé de gens, l'autre triste et pénible, se rencontraient brièvement par moments. Le silence du *rio* était soudain interrompu par des *fondamenta* bruyants ou par un pont relié à une artère principale et, comme la barque s'en éloignait, le silence retombait, entrecoupé par les jurons de quelque gondolier que la barque chargée de douves incommodait.

On arrivait enfin au *rio* désert à proximité de l'atelier. Alessandro respirait. Marianno liait la barque et improvisait un petit pont la reliant à la rive. Le transport des douves se faisait sur un petit chariot à une roue. Lorsqu'il était plein à ras bords, Marianno le poussait le long d'une *calle* étroite et déserte où l'écho prolongeait les bruits. Pour faire vite, il renversait le chariot dans un coin de l'atelier et retournait à la barque, non sans avoir eu l'esprit traversé par la réflexion mathématique que chaque pile de douves éveillait en lui : « Combien de côtés d'une telle pile devrais-je compter pour connaître la quantité de douves ? »

À la tombée de la nuit, la barque était complètement vidée et il fallait la ramener. Il arriva une fois qu'au cours du déchargement de la barque, Alessandro trouva moyen de s'enivrer. En homme prudent, même quand il était ivre, il refusa de rester à l'arrière, ce qui obligeait Marianno à s'y mettre, lui qui n'avait pas la moindre idée des manœuvres loin d'être faciles qu'il faut effectuer à l'arrière d'une barque pour la diriger. Par bonheur, Menina passait justement par là, et les deux gamins se mirent à ramer de concert. Menina trouvait fort plaisant de pouvoir, lui, enseigner quelque chose à Marianno, et il s'en donnait à cœur joie. Alessandro était toute vivacité et excitation, fort heureux de s'être libéré de l'aviron. Il courait de l'un à l'autre et ne faisait que jeter la confusion. Il disait que si c'était lui qui était à la poupe, la barque s'en serait mieux trouvée, mais lui moins bien, c'est pourquoi il laissait Menina se divertir. En vérité, Menina comptait sur quelques centimes de pourboire mais ne voulait pas le laisser voir. Et pour la peine, il intensifia son enseignement à Marianno. Il n'ignorait pas comment il fallait naviguer mais un peu à cause de sa myopie, un peu parce qu'il voulait impartir trop de choses à Marianno, il laissa la proue buter contre un pont. Le courant fit le reste et la barque s'en fut obstruer le passage sous le pont, immobilisant une gondole et une autre barque. Les récriminations coutumières ne tardèrent pas à fuser de tous côtés, amplifiées par les cris de quelques joyeux lurons qui, du haut du pont, se mirent à tempêter contre les deux garçons. Ceux-ci, tout penauds, s'efforçaient de leur mieux de libérer la barque. Alessandro était intarissable. Pour apaiser le gondolier, il se déclara prêt à descendre à terre pour aller remettre tout message qu'il désirerait transmettre. L'ivrogne parlait sérieusement. Il s'offrait à se rendre chez la femme du gondolier, certain qu'il était que toute cette impatience cachait une épouse en colère, pour attester que la gondole avait été arrêtée dans ce *rio* par la barque du tonnelier Alessandro Perdini, ce tonnelier qui avait son atelier à la *calle*...

Désarmé, le gondolier se mit à rire et, délivré de toute crainte, Alessandro rit aussi. Ce n'était quand même pas si déplaisant, disait-il, de passer le temps sous ce pont. S'il commençait à pleuvoir, il pouvait servir d'abri, naturellement lorsque la barque du tonnelier Perdini serait dégagée et lorsqu'elle serait partie. Et puis, pourquoi se mettre en colère et courir le risque de s'empoisonner de bile ?

Le seul qui fût fou de rage, c'était Menina qui

poussait la proue d'ici, de là, sans parvenir à la dégager. « Taisez-vous donc ! », cria-t-il à Alessandro, « ne voyez-vous pas que vous me faites perdre mes forces avec votre parlotte ? »

Menina ne faisait pas peur à Alessandro. Celui-ci lui jeta quelques injures, d'abord à voix basse puis, constatant que rien de mal ne lui arrivait, haussant carrément le ton. Du haut du pont les badauds s'amusaient : « Hé ! les enfants ! Où c'est que vous conduisez ce fou-là ? » Alessandro semblait avoir perdu la raison. Il avait retiré son bonnet car il avait chaud à la tête. Comme cela, avec son visage congestionné et ses cheveux gris ébouriffés, on eût dit un personnage de comédie. Il expliquait à Menina que lui-même naviguait déjà lorsque le garçon n'avait pas encore ouvert un œil. Mais les gens qui l'interrompaient du haut du pont le laissaient perplexe. Il était évident que quelque chose pouvait lui tomber sur la tête de là-haut et qu'il valait mieux ne pas offenser ceux qui occupaient une position aussi favorable. Il leur apprit qu'il avait cédé à Menina sa place à la poupe pour lui faire plaisir, et voilà comment il en était récompensé ! De sorte qu'à présent il laissait les garçons se débrouiller tout seuls. Cela leur servirait de leçon. C'était étrange comme la prudence ne quittait jamais Alessandro, même dans la soûlerie. Une jeune femme lui cria : « Vous n'avez pas honte de laisser trimer les gosses ? » « Chère, chère petite ! », murmura Alessandro pour l'apaiser et gagner du temps. Puis une idée fulgura dans son esprit : « J'ai abandonné les femmes et vous voudriez que je m'adonne aux barques ? Les rires furent alors entièrement en faveur d'Alessandro qui s'affala sur la banquette pour se reposer et, à court de nouvelles idées, répétait sa dernière phrase rien que pour ne pas se taire.

Finalement on put dégager la barque lorsque la gondole et l'autre barque se retirèrent. Alors elle avança dans l'étroit *rio* avec la proue en avant. On allait lentement et, dans la tiédeur du vin et du mois de juin, Alessandro s'endormit.

Marianno, qui passait tout son temps à l'atelier et dans les étroites venelles, ne conserva de cette époque de sa vie aucune impression de beauté naturelle ou artistique. Ce soir-là, dans la lumière du crépuscule, il sentit la beauté modeste, voire rustique dans son austérité, du vaste *rio di Noal*. Ce fut une impression de paix et de réconfort dans son jeune cœur. Il ne parla jamais de ce *rio* car il lui sembla que ce sentiment lui avait été inspiré uniquement par son état d'âme particulier et heureux. « Comme je suis beau ! », pensa-t-il.

Puis Menina et lui décidèrent de laisser Alessandro cuver son vin dans la barque, et ils s'éloignèrent, jouant à se poursuivre dans les *calli* bien plus obscures que le vaste *rio*.

II

Du jour au lendemain, Alessandro se trouva sans travail. C'était une chose inattendue car l'atelier qu'Alessandro avait hérité de son père n'avait jamais manqué de travail. Le principal client, déjà du temps du père, était un grand exportateur de perles de Murano. En outre, l'atelier fournissait des baquets aux gens du quartier, un travail qui avait eu son importance jadis, avant la construction de l'aqueduc, et qui n'en avait plus aucune à présent.

Un jour, un employé de la fabrique de perles arriva à l'improviste de Murano pour aviser Alessandro que la firme avait décidé de ne plus commander d'autres barils car ils s'étaient finalement aperçus qu'il leur convenait mieux d'emballer les perles dans des caisses.

Cette scène aussi demeura imprimée dans la mémoire de Marianno. Le pauvre Alessandro avait du mal à comprendre ce dont il s'agissait. Il doutait du bien-fondé de ce message. Son front était moite de sueurs froides. Il voulut se montrer désinvolte et ironique : « Avez-vous trouvé le moyen de faire rouler les caisses ? » Et puis, sentant que le sang lui montait à la tête, il se retira au fond de l'atelier avec ses outils et chargea Marianno de poursuivre l'entretien car il commençait à perdre la tête. « Pas nécessaire que tu scies cette douve, on n'en aura plus besoin ! »

Marianno, qui avait alors quatorze ans, se mit de bon gré à discuter avec l'employé. Il ne saisissait pas bien l'importance qu'Alessandro accordait au message de leur client. Il s'imaginait qu'en ce monde les barils, tels qu'eux-mêmes les faisaient, seraient fabriqués à jamais, et même, le hic était qu'en ce monde on en demandait trop, de ces barils.

L'employé, un jeune homme fort courtois mais qui était plus enclin à rire qu'à pleurer, répéta volontiers son message à Marianno qui souriait lui aussi, enchanté de se voir dans la peau d'un homme d'affaires.

Marianno avait saisi, et il lui semblait qu'il n'y avait rien à dire. La firme de Murano ne voulait plus d'autres barils, en conséquence il ne fallait plus lui en livrer. Il se tourna vers son patron pour voir s'il avait un conseil à lui donner.

Alessandro sentit le besoin de se mettre en colère et il la déversa sur Marianno qui ne voyait pas le tort énorme qu'on faisait subir à l'atelier de la sorte.

Après plus d'un demi-siècle qu'il servait la fabrique, voilà qu'on le jetait au rebut comme un morceau de fer usé. Et qui payerait le loyer de l'atelier jusqu'à la fin du bail ?

L'employé haussa les épaules. Il fallait en parler avec son directeur. Lui n'avait rien à voir dans cette affaire. Et il s'en fut.

Alessandro se précipita à la maison pour consulter son épouse. Maman Berta était la seule qui pût donner un bon conseil. Elle s'habilla, se para, et accompagna son mari à Murano, après avoir compté le nombre de barils déjà fabriqués, de douves déjà taillées et, séparément, de douves encore intactes. Avant de quitter l'atelier, elle recommanda à Marianno de poursuivre son travail, en dépit de ce que soutenait Alessandro qui prétendait qu'une douve taillée ne pouvait plus être vendue. Elle obtint effectivement que tout le matériel se trouvant à l'atelier fût repris par la fabrique, et fit venir le jour même une barque pleine à ras bords de douves, de sorte que le travail se trouva prolongé d'un bon mois.

Un mois ! Maman Berta le passa à se vanter de son succès, Alessandro travailla comme auparavant, ne manquant pas de festoyer chaque lundi. Ce mois parut interminable à Marianno. Il était dévoré de curiosité de savoir ce qu'il ferait, une fois la dernière douve taillée.

Un beau jour Alessandro arriva à l'atelier et trouva Marianno couché sur le dos au sommet d'un tas de douves, chantant à gorge déployée. « Pourquoi ne travailles-tu pas ? » lui demanda-t-il étonné.

« Je n'ai plus de douves », répondit Marianno.

Le sang monta à la tête d'Alessandro comme lorsque l'employé était venu l'informer de la grave nouvelle. C'était un nouveau, un tout nouveau coup pour lui.

« Allons chez Berta », dit-il d'un ton résolu.

Maman Berta fut à son tour stupéfaite de constater un terme aussi rapide à son succès. Elle avait escompté un mois entier de temps, oubliant que le travail de Marianno précédait de plusieurs jours celui d'Alessandro. On renvoya toute décision de quelques jours. Entre-temps, Marianno aiderait Alessandro dans son travail. Il était difficile cependant d'aider Alessandro qui, avec son petit esprit, était incapable de dévier d'un geste sa routine habituelle. En définitive il concevait leur collaboration de la façon suivante : il donnait ses ordres à Marianno et sortait de l'atelier, mais ce n'était pas toujours pour aller boire un coup car maman Berta ne lui laissait pas l'argent nécessaire. De la sorte, c'était toujours l'un ou l'autre qui restait travailler à l'atelier. Marianno apprenait à peine seulement à fabriquer un baril en entier. Alessandro s'employait à lui donner les bases théoriques mais il s'interrompait à tout instant, s'irritant contre lui-même : « En somme il ne faut pas que les barils fuient, ou du moins qu'ils aient des trous par lesquels peuvent s'échapper les colliers de perles. » Et, cessant d'instruire, il se mettait à refaire entièrement le baril. De la sorte, quinze autres jours passèrent et Alessandro sembla de nouveau pris au dépourvu. Le sang lui monta à la tête et il courut chez maman Berta. Celle-ci ne voulut pas prendre de décisions hâtives et alla consulter une commère de ses amies qui demeurait dans une *calle* voisine. Puis elle revint à l'atelier et communiqua aux deux hommes ce qui avait été décidé : on chercherait un autre emploi pour Marianno. Quant à Alessandro, il resterait à l'atelier, essayant de mettre du beurre dans les épinards en fabriquant de grands baquets à lessive. Entre-temps, Alessandro et Marianno devaient aller acheter quelques barils à pétrole pour les scier en deux et en faire de ces baquets. Alessandro fut aussitôt tranquillisé.

Cimutti

C'était une journée chaude de juillet. Très tôt le matin le temps était déjà étouffant. Signor Perini s'en fut faire un tour au dépôt avant l'arrivée de ses ouvriers et, en sortant, il tomba sur Giuseppe Cimutti, le premier de tous à s'y rendre. « Écoute-moi », lui dit-il, « j'ai oublié de te dire hier soir qu'il faut embarquer aujourd'hui ces cartons de drap à destination de Gênes. Il vaut mieux que tu partes sans tarder, avant le déjeuner. Appelle Bortolo et préparez la barque ». Giuseppe baissa sa petite tête en signe d'assentiment et se mit en chemin. Il s'arrêta soudain : « Le bateau est-il déjà en chargement à la Marittima ? » Il hésitait, le pauvre Giuseppe. Il eût donné n'importe quoi pour s'épargner cette tirée à l'aviron à travers toute la lagune et sous ce soleil de plomb. Signor Perini s'irrita aussitôt : « Si tu pars vite, tu arrives pour le chargement lorsqu'il n'y a pas encore foule et tu rentres chez toi avant ce soir, autrement tu risques de passer la nuit sur le bateau comme la semaine dernière. » « La semaine dernière », répliqua Giuseppe, « j'aurais pu m'épargner une journée et toute une nuit passée dehors. Il suffisait de partir le mardi de bonne heure et d'être le long du bateau au bon moment ». « Ouais ! », fit signor Perini, et sa petite silhouette d'homme inactif et bon recula en un geste de dédain, « il ne manquerait plus que cela, que je risque de perdre l'embarquement pour te contenter ! » L'autre le fixa, puis hocha la tête pour lui donner raison, ajoutant toutefois aussitôt : « Mais il ne faudra pas que vous perdiez patience si je ne rentre pas avant demain. Ce n'est tout de même pas de ma faute si on nous appelle à bord à tour de rôle. » « Je ne dis rien », rétorqua signor Perini, « mais il est certain que chaque fois que je t'envoie à la Marittima je ne te revois que trente-six heures plus tard ». Un bref éclair de malice, très bref, fulgura dans les yeux de Giuseppe. Signor Perini eut cette impression, mais il n'en était pas sûr, et lorsqu'il regarda mieux Giuseppe, il le vit, l'œil étincelant d'indignation : « Pourquoi ne venez-vous donc pas me surprendre une fois à la Marittima ? Ça fait mal, vous savez, de faire son devoir et de se voir soupçonné du contraire. C'est la raison, et la seule, pour laquelle je voudrais ne jamais me déplacer de Murano et rester toute la journée au dépôt. » Cimutti assaisonna sa réponse de quelque juron qui, dans son doux dialecte vénitien, n'avait rien d'offensant, et se fondait dans une déférence générale du fait qu'il n'était adressé à personne en particulier. D'ailleurs on savait bien que signor Perini ne se serait jamais rendu à la Marittima par cette chaleur. La barque était prête au ponton et Cimutti, Bravin et Andrea s'attelèrent à la tâche de la charger. Signor Perini se tenait immobile et regardait. Il eût aimé dire encore quelque chose mais ne trouvait rien ; les paroles de Cimutti ne l'avaient pas froissé mais ce qui l'avait heurté, c'était ce sourire narquois qu'il avait cru voir passer sur le visage d'un homme dont l'intelligence s'était amenuisée au profit du développement de ses muscles et, ténue comme elle s'était faite, s'était muée en une joyeuse fourberie. Mais il ne trouva pas un mot à dire. Il se gratta la tête, évoqua dans son esprit l'état dans lequel se trouvait Cimutti lorsqu'il était entré dans la maison, démuni, sans une loque, et se sentit envahi de rancune devant tant d'ingratitude. Il monta chez lui sur la pointe des pieds pour ne pas réveiller sa femme et s'installa à une table devant la fenêtre de la petite pièce qui lui servait de bureau pour rédiger le laissez-passer. Sa plume vibra de colère lorsqu'il dut écrire le nom de Cimutti parce qu'il était son mandataire : « Coquin ! Il ne mérite pas la confiance que j'ai en lui ! » Il retourna au ponton, le papier à la main. L'eau était haute, elle recouvrait le marais au-delà du canal qui passait devant le dépôt. Les *fondamenta* Nuove se réfléchissaient dans l'eau limpide et même à cette distance on percevait le reflet des ponts blancs. Signor Perini promenait ses regards et ne soufflait mot. Il cherchait encore quelque chose à dire, tandis que Cimutti peinait dans la barque pour recevoir les cartons que les deux autres lui tendaient. Était-ce seul l'effort physique qui plissait de la sorte le front de l'ouvrier ? Signor Perini scruta ce front et en conclut que point n'était besoin de chercher d'autres mots car l'ouvrier avait sans doute compris. Il se sentit aussitôt bienveillant. S'étant apaisé, il trouva de suite quelque chose à dire et releva en plaisantant : « Ce serait rudement bien s'il t'arrivait aujourd'hui de pouvoir rentrer à quatre heures. » L'autre fut tellement abasourdi d'entendre cette réflexion qu'il demeura figé, le carton dans les bras. Puis, se penchant plus que nécessaire pour le poser, ce qui lui permettait de dissimuler entièrement son visage, il dit d'une voix forte : « Ça se pourrait bien ! » Et après avoir réfléchi un instant, sa fourberie lui fit ajouter : « Je ne demande pas mieux ! À quatre heures, je pourrais me mettre immédiatement à l'ombre. » Signor Perini se montra satisfait d'une telle réflexion et pensa qu'effectivement Cimutti serait de retour à quatre heures si les circonstances le lui permettaient. Hé oui ! Il suffisait de savoir traiter les ouvriers ! Il se rappela même qu'à quatre heures il aurait besoin de Cimutti. Bravin était censé aller faire des encaissements, Andrea sortait dans l'après-midi avec la gondole. Par conséquent, il ne restait au dépôt que Bartolo le menuisier, et pour déplacer les grosses pièces de drap il fallait être à deux. Cimutti dit : « Je vais à la maison avaler une goutte de café et je pars aussitôt. » Le laissez-passer toujours à la main, signor Perini lui emboîta le pas et une nouvelle idée lui traversa l'esprit. « Écoute-moi », lui dit-il, « si tu es de retour pour quatre heures je te paye six heures de travail supplémentaires ». Il était bien rusé, ce signor Perini, car si Cimutti était obligé de passer la nuit à la Marittima, ce serait une journée et demie de salaire que signor Perini devrait casquer. Cimutti eut un sourire qui pouvait passer pour être de gratitude et répondit : « Je vous remercie ! En ce qui me concerne je ferai de mon mieux ! » Et pour renforcer son propos il répéta : « Je ne demanderais pas mieux ! » Ils se dirigèrent ainsi côte à côte vers la maison de Cimutti située en face de la maison de maître, plus petite mais belle et spacieuse. On l'avait cédée à Cimutti à défaut de lui trouver meilleur usage. Autrefois le dépôt de tissus avait été une entreprise bien plus vaste et cette maison avait servi de bureau administratif d'une organisation complexe. Puis la maison mère avait été transférée à Rome mais il lui convenait de laisser le dépôt à Murano où l'un des associés, signor Perini précisément, avait exprimé le désir de rester. Signor Perini avait passé plusieurs années dans cette partie déserte de l'île. À présent, ayant dépassé l'âge mûr, il aurait beaucoup souffert de devoir quitter ce lieu où son inertie trouvait une occupation si avantageuse. Il surveillait le dépôt – il faisait en tout et pour tout l'intérêt de la maison – et passait des journées entières dans une oisiveté totale, étudiant les mouvements de l'eau autour de l'île, rêvant à un monde rasséréné comme il était serein lui-même. Il y avait des endroits en plein air derrière le dépôt, sur l'ancien grand canal de Murano, où, à des époques plus opulentes – mais guère plus heureuses disait Perini – tout le luxe d'Italie avait afflué, alors qu'à présent, en plein midi, on entendait ses propres battements de cœur dans le grand silence. Une seule époque de l'année faisait perdre au signor Perini son calme et son repos : l'époque de l'inventaire ! Il fallait alors déplacer toutes les balles, engager des ouvriers temporaires, noter, enregistrer, faire des comptes. Mais cette brève période servait à lui faire mieux apprécier son bonheur tout le reste du temps. « C'est prêt ? », demanda brièvement Cimutti à sa femme. Lisa leva la tête du baquet où elle lavait le linge. « Maria ! », dit-elle à la fillette de douze ans à peine qui se tenait près d'elle cramponnée à sa jupe, « va donc donner à papa le café qui se trouve dans la tasse près du feu ». Maria se dirigea d'un pas peu assuré car la pauvre petite était presque aveugle et Cimutti la précéda tandis que Lisa se replongeait dans sa besogne. Signor Perini la contempla avec satisfaction. Qu'il était beau de voir travailler avec autant de plaisir ! Celle-là pour le coup, eût-elle été un homme, aurait été un ouvrier comme signor

Perini les aimait ! Comme elle travaillait ! Et comme elle était toujours joyeuse et sereine ! Si joyeuse et si sereine, se disait signor Perini, qu'on eût dit qu'elle passait la journée à se reposer. C'était d'ailleurs une question d'habitude, car le travail occupait dans sa journée le temps que chez d'aucuns occupait le repos. Dès cinq heures du matin elle était debout, et elle travaillait sans relâche, jusqu'à neuf heures du soir. Elle avait trois enfants dont l'une, Maria, avec sa vue défectueuse, lui coûtait les yeux de la tête. Le salaire de Cimutti était insuffisant et Lisa avait donc accepté de laver le linge de la famille Perini, et avait pris du service chez eux contre une maigre rétribution. Cimutti était un bon travailleur, un navigateur de grosses barques réputé à Venise, mais il avait besoin d'une partie de sa paye pour se maintenir en vie... comme il disait. De sorte que l'emploi de Lisa était devenu une nécessité, et elle avait mis toute son ardeur au travail pour gagner l'affection et la confiance de ses maîtres. Mari et femme lui passaient les vêtements qu'ils ne mettaient plus ainsi que ceux de leur fils Arturo qui faisait ses études ailleurs et venait bien rarement à Murano. Ce n'était pas beaucoup, car tant l'un que l'autre des Perini restaient beaucoup chez eux et usaient leurs vêtements jusqu'à la corde, mais Lisa acceptait tout avec tellement de reconnaissance que cela faisait plaisir de lui réserver la moindre loque pour la voir immédiatement heureuse de son sort. C'était une femme encore jeune, bien au-dessous des quarante ans, au corps déformé parce qu'elle avait pris du ventre, mais au visage encore frais, avec des yeux bleus où dansait une lueur de jeunesse et de bonté. Et comme signor Perini lui souhaitait le bonjour, elle leva une fois de plus les yeux de son baquet pour lui répondre avec un sourire. Signor Perini, qui maintenait son idée fixe, lui demanda : « Et toi, tu n'aimerais pas voir Cimutti rentrer à quatre heures cet après-midi ? » Elle sourit de nouveau : « Là, à la Marittima, on perd tellement de temps… » Elle avait grand-peur de compromettre son mari. Cimutti avait longtemps travaillé en service temporaire à la Marittima avant d'être engagé par signor Perini. Lui avait moins travaillé qu'à présent mais Lisa avait dû passer un bien vilain moment car elle n'en finissait plus de bénir le jour où elle était venue à Murano. « Dis-lui », insistait signor Perini, « que tu souhaiterais le voir rentrer pour quatre heures ». Sans un instant d'hésitation elle se leva, sécha ses mains à son tablier et entra dans la maison pour parler à son mari. On entendit aussitôt Cimutti qui, la bouche pleine, lui répondait : « Mais oui, mais oui, si je peux ! » Lisa sortit de la maison, dodelinant de la tête d'une épaule à l'autre avec une certaine grâce, les lèvres plissées en une moue signifiant que sa mission avait été inutile : « Il dit qu'il essayera. Mais c'est évidemment peu probable car il connaît les difficultés qu'il y a à passer en premier pour le chargement. » Elle se replongea dans sa tâche comme si elle voulait regagner le temps perdu. Signor Perini n'était pas encore satisfait et, remettant le laissez-passer à Cimutti, il lui dit : « On se revoit à la Marittima. Je passerai sûrement te voir. » Sa face ronde voulait tellement exprimer une résolution qu'elle en devint toute musculeuse. Cimutti articula simplement les mots qui le défendaient le mieux : « Je ne demande pas mieux ! », mais il ne le dit qu'après avoir observé furtivement le visage de son patron comme pour déchiffrer s'il avait parlé sérieusement. Le patron dirigea ses pas vers son bureau, content de l'effet qu'il avait produit. Mais si la rame avait été à même de parler, elle aurait raconté que Cimutti murmurait, tout en mettant toute son énergie à la manœuvrer : « Et maintenant, au troquet du coin ! », en pur italien, comme les Vénitiens ont fréquemment l'habitude de parler lorsqu'il leur faut toutes les consonnes pour mieux souligner leur pensée.

Au déjeuner signor Perini raconta à sa femme tout ce qui s'était passé avec Cimutti et il s'animait à mesure qu'il se rappelait avec quelle bienveillance et quelle habileté il avait su le traiter. Sa femme, qui avait dépassé la cinquantaine comme lui mais était cependant blonde et rose, le contemplait en souriant, heureuse de le voir aussi plein de vivacité. Seuls habitants comme eux sur le canal de Serenella, les quatre ouvriers représentaient une grande partie de leur vie. Ils les connaissaient tous, connaissaient leurs enfants, leurs qualités et leurs défauts. Le long et vieux Bravin était le plus solide et le plus consciencieux de tous. Cimutti et le gondolier Andrea étaient bons et habiles mais c'étaient des ivrognes. Avant d'entrer dans l'entreprise, Andrea, Dieu sait comment, avait bu toute une boutique de poissons, et ensuite, une échoppe de doreur dont il avait hérité. C'est pourquoi on le surnommait *le buveur de boutiques*, chose qu'il supportait avec résignation sachant que c'était vrai. Bon garçon par ailleurs, on disait même en sa faveur qu'ivre il était bien plus amusant que sobre. En effet, lorsqu'il n'avait pas bu il était peu loquace et on racontait dans la cour que sa femme Nina, une blonde encore jeune mais quelque peu fanée, aimait savoir que son mari n'était pas privé de son verre de vin, même si le sort lui refusait de le boire souvent avec lui. Bortolo le menuisier, faible comme ouvrier et comme ivrogne (le vin lui occasionnait des maux de dos) était le plus vénitien d'eux tous, venant de Castello, et il savait déclamer les vers d'Arlequin. Il était le plaisantin de la cour mais il ne demeurait pas à Serenella et par conséquent appartenait moins intimement à la famille; il habitait bien plus loin. Travaillant sous contrat il lui était loisible, excepté en de rares occasions, d'aller et de venir comme bon lui semblait.

Signora Perini quittait rarement Serenella pour aller faire des courses dans la ville. Elle possédait bien une gondole mais celle-ci passait ses journées à ne rien faire dans le vieux hangar qui servait de remise.

Régulièrement, au déjeuner, signora Perini demandait à son époux si elle pouvait disposer du gondolier. Signor Perini se plongeait alors dans des calculs. Il pesait soigneusement le peu de chair humaine qui était à sa disposition : une expédition importante lui prenait deux hommes, il en restait deux à la maison (en calculant Andrea) et on ne savait que faire d'un seul car, pour déplacer les balles de drap ou pour les peser, on avait besoin de deux hommes. D'autres fois, l'expédition était de petite envergure et un homme eût suffi à la tâche mais Bravin devait se rendre en ville pour effectuer des encaissements ou des paiements, et de nouveau alors il ne restait plus que deux hommes sur place. Donc Andrea ne pouvait pas s'absenter. Et il arrivait parfois qu'on pouvait disposer du gondolier mais pas de la gondole, car le niveau de l'eau avait baissé et qu'il n'y avait pas suffisamment de bras pour la sortir de la sèche dans la vieille remise. Toutefois, la fierté de signor Perini résidait précisément dans le fait qu'il épargnait tant de frais à sa maison, et cela sans avoir diminué les salaires des ouvriers, bien au contraire. Il lui avait suffi de les surveiller consciencieusement et de diriger leur travail.

Parmi ses associés, signor Perini était le plus faible, et il avait accepté une fonction qui déplaisait aux autres, plus entreprenants et plus vifs que lui. Sa femme, pour sa part, n'avait besoin que d'une lettre par jour de son fils pour être heureuse. Elle ne s'irritait pas lorsque, fin prête pour sortir, elle devait y renoncer à cause de la marée basse ou parce que s'était levé un vent si fort que ce petit personnage d'Andrea n'osait pas sortir sans l'aide d'un autre homme, ou enfin parce qu'un télégramme était arrivé avec une importante commande à expédier sans délai et qu'Andrea devait immédiatement courir à la recherche d'une *peata** pour le jour suivant. Elle retirait ses vêtements de sortie avec le plus grand calme et se mettait devant la grande fenêtre qui s'ouvrait sur la vaste étendue d'eau de la lagune, si souvent transformée en un marais énorme que des rayons de soleil verdissaient aussitôt légèrement, ou doraient au crépuscule, peuplé d'un congrès de mouettes qui lançaient leurs cris dans une immobilité d'êtres réfléchis. Elle tirait l'aiguille et promenait ses regards sur la lagune, le marais, les bêtes et la ville lointaine, soutenant qu'elle-même avait subi une grosse perte avec l'écroulement du campanile qu'elle voyait tout petit dans le lointain mais qui lui servait d'orientation. Sa patience était récompensée par la joie de son époux qui aimait bien voir sa solitude atténuée par la présence de sa femme. Il quittait à tout bout de champ le dépôt pour venir fumer

---

* Grande barque à fond plat et proue élevée et ronde que l'on utilise dans la lagune vénitienne pour charger les marchandises. (*N.d.T.*)

une cigarette auprès d'elle. Et il lui rapportait toute fraîche quelque petite histoire drôle qu'avait racontée Bortolo dont le pur dialecte vénitien constituait, pour eux qui n'étaient pas vénitiens, une source d'éclats de rires joyeux. Que de temps continue-t-on à rire dans la maison d'une petite mésaventure qui était arrivée au pauvre Bortolo ! En d'autres termes, il advint que *suo zénero el fravo non poté andare in fràvica perché aveva la freve***. La maison comptait une autre personne, Nilda, une petite jeune fille venue depuis peu de la campagne, une fille naïve qui était censée savoir cuisiner mais qui avait besoin pour chaque plat de l'aide assidue de sa patronne. Elle aussi égayait la maisonnée par son ingénuité, ses cris d'étonnement devant chaque nouveauté qu'elle voyait ou entendait, et elle en trouvait bon nombre dans ce lieu isolé de Serenella. Elle en avait trouvé tellement de ces nouveautés que les premiers jours elle nageait en pleine confusion. Une fois il fallut faire un rôti. Signora Perini versa de l'eau dans la casserole à un moment donné et dit à Nilda : « Je m'en vais mais reviens de suite. En attendant, tu peux ajouter un peu de charbon. » Lorsque la dame revint, elle trouva dans le rôti une belle quantité de charbon. Nilda fixait sa patronne de ses grands yeux noirs, l'air incertain, car elle savait qu'elle avait obéi à un ordre fort bizarre, mais devant les reproches qu'on lui adressa elle répondit en guise d'excuse : « Vous autres vous cuisinez d'une manière si saugrenue qu'on ne sait jamais. » On ne la gronda pas. Le rôti fut sauvé malgré tout et on rit beaucoup de la

---

** Dialecte vénitien avec un jeu de mots intraduisible en français. Littéralement : son gendre le forgeron ne put se rendre à la fabrique parce qu'il avait de la fièvre. (*N.d.T.*)

naïveté de Nilda à la maison, au dépôt, dans la cour, pendant plusieurs jours. Celle qui travaillait le plus à la maison, c'était Lisa qui commençait dès le matin à briquer les chambres et ne finissait que le soir après avoir fait la vaisselle du dîner. Elle n'avait guère le temps de faire rire les gens. Joyeusement elle s'attelait à la tâche et se montrait fort respectueuse. Ainsi, en dépit du fait que Cimutti ne lui passait pas toute sa paye, sa maison s'était enrichie au fil des ans d'une quantité de meubles, de couvertures et d'ustensiles de cuisine. À présent la maison avait plutôt tendance à se vider depuis que Maria souffrait des yeux.

   Après le déjeuner, signor Perini envoya Bravin en ville pour effectuer des encaissements, de sorte que Andrea et Bortolo demeurèrent au dépôt pour déplacer les balles. Au cours de la matinée, signor Perini avait traversé dix ou vingt fois la cour pour aller fumer une cigarette près de sa femme. Lisa en avait fini avec son baquet pour l'instant, et à présent on la voyait dans sa cuisine située au rez-de-chaussée, en train de tourner la polenta de ses bras gras et vigoureux. Signor Perini s'arrêta un moment pour la regarder faire. La faible flamme du foyer éclairait sa mise modeste, mais nette. Sa tête se reflétait sur la vitre de la fenêtre d'en face qui donnait sur le potager inondé de soleil. Elle s'aperçut de la présence de signor Perini et, laissant en plan sa polenta au risque de la brûler, se précipita vers lui : « Vous désirez quelque chose, monsieur ? » « Non, rien, rien du tout », répondit signor Perini en se dirigeant vers chez lui ; puis s'arrêtant, il lui demanda avec un sourire : « Crois-tu que Cimutti sera de retour à quatre heures ? » Elle se sentit embarrassée et, levant les yeux au ciel, elle répondit aussitôt en souriant : « Comment le savoir ? »

Sitôt après le déjeuner, un télégramme arriva avec une petite commande qu'il fallait expédier le jour suivant. Du coup Bortolo devait immédiatement se rendre en ville pour effectuer le connaissement et l'on se retrouvait avec un seul ouvrier. Vu les circonstances, la chose devenait grave. Cimutti était le seul parmi les ouvriers qui sût numéroter et marquer les caisses. S'il ne rentrait pas à temps, signor Perini serait contraint d'aider deux heures durant à effectuer cette numération, tendre à l'ouvrier un numéro après l'autre, veiller à ce que le numéro fût appliqué du bon côté : un travail qui ôtait à signor Perini la joie de vivre. La tâche principale était de préparer les caisses. On les pèserait ensuite en un clin d'œil dès le retour de Bravin, et sur lui on pouvait compter sans aucun doute. Signor Perini discuta du problème avec son épouse qui lui conseilla judicieusement d'attendre quatre heures. Cimutti pourrait être de retour à cette heure-là, ce qui éviterait tant de tracas à signor Perini. Il accepta le conseil mais s'en trouva mal. Entre deux et quatre heures il marcha...*

* Manuscrit inachevé. (*N.d.T.*)

À Serenella

I

Le jour venait lentement réveiller les teintes du marais, du canal, de la plage verte de l'île. Peu à peu il éclaira entièrement l'énorme plaine. On ne voyait pas encore le soleil mais la lumière qui se répandait du ciel se diffusait sans rencontrer d'obstacles sur toute chose à la fois. Au-delà du marais on voyait apparaître la ville, avec cet aspect modeste qu'elle revêt de ce côté-là, une ruche inhabitée eût-on dit. On apercevait les silhouettes des maisons qui se profilaient nettes et limpides comme si la nuit les avait lavées. Dans toute cette étendue, l'immobilité, le silence, semblaient immenses, surprenants. À cette heure le marais était rougeâtre ; vu de près, il paraissait immonde, désolé, abandonné qu'il était depuis plusieurs heures par l'eau qui continuait à baisser. Le canal qui séparait le marais de l'île souriait déjà, transformant la lumière encore pâle en une couleur bien définie ; il se montrait bleu et transparent, puis encore rouge et jaune là où, moins profond, il frôlait le marécage. Sur la plage, la maison de maître, qui de l'extérieur semblait être un long hangar aux multiples éléments hérissés de toits pointus, était encore fermée et silencieuse. En revanche, celle qui lui faisait face loin de la rive, la maison de l'ouvrier Cimutti, donnait quelque signe de vie. Au rez-de-chaussée une lampe à huile luisait faiblement et dans l'âtre brûlait un feu qui semblait avoir du mal à prendre.

Puis la porte s'ouvrit et Cimutti en sortit, un homme encore jeune, maigre, à la petite tête garnie d'une chevelure noire bien fournie, coupée court. Avec lui le froid prit part au tableau. Il battait la semelle pour se réchauffer et lançait ses bras en croix.

Il devait avoir coutume de parler tout haut. Jetant un regard d'antipathie sur la maison de maître, il dit : « Si cet emplâtre était debout, on pourrait ouvrir l'entrepôt et arrimer les barils. » Sur ce, la porte de la maison de maître s'ouvrit tout doucement sans grincer, et signor Giulio apparut. C'était un homme qui devait friser la quarantaine, passablement gros et flasque, au visage rondelet, doux, avec deux bons yeux bleus un peu incertains. Cimutti le salua, surpris de le voir levé, et lui dit : « J'étais justement en train de penser que je pourrais arrimer les barils de l'entrepôt... » L'autre ne le laissa pas achever : « Il s'agit bien d'arrimer les barils ! Je me suis rappelé que l'eau baisse et que nous avons oublié hier soir de sortir la barque. Si nous tardons encore, ce sera pareil qu'il y a un mois lorsque nous sommes restés sans barque jusqu'à dix heures. » Cimutti qui, bien que respectueusement, avait toujours tendance à opposer quelque objection, fit : « Oh ! mais l'eau monte ! » Le froid, et le mécontentement d'avoir dû quitter son lit d'aussi bonne heure, rendirent signor Giulio impatient. Accoutumé à devoir vaincre la légère résistance qu'il rencontrait toujours chez Cimutti il se fit prolixe : « Allons ! Cours à la remise ! Qu'est-ce que tu racontes au sujet de l'eau si tu ne l'as même pas encore vue ! Tu es toujours pareil. Si j'avais pu me fier à toi, j'aurais continué à dormir tranquillement. Mais à présent que je t'ai de plus averti, ne perds pas de temps. » Et, voyant que Cimutti se dirigeait du côté opposé à la remise, il s'emporta : « Eh bien ! Si tu ne veux pas sortir la barque, c'est moi qui le ferai ! » Et il se mit en route. Cimutti vint à la rescousse : « Je vais chercher la rame sous la bâche. Vous ne voudriez tout de même pas que je rame avec les mains ! » Signor Giulio demeura interdit : il avait fait preuve de tant de prévoyance et maintenant on lui jetait à la tête, avec raison, qu'il oubliait qu'on avait besoin d'une rame pour manœuvrer une barque ! Cimutti revenait déjà du réduit bâché, de son petit pas rapide, la rame sur l'épaule. Signor Giulio lui emboîta le pas. C'était son travail principal, celui de regarder les autres travailler. En outre, il disposait de temps pour l'instant. Il ne voulait réveiller ni son épouse, signora Anna, ni ses enfants, avant sept heures. Il avait du temps à perdre. Puis il se souvint qu'il fallait aussi retirer la gondole de la remise car on en avait besoin à huit heures. D'un pas plus lent, il suivit Cimutti à travers le grand pré peuplé d'arbustes quelque peu chétifs, et le vit qui se rendait non pas à la remise mais sur la plage. Cimutti observait l'eau et il lança un fétu de paille pour voir comment il était entraîné. « Elle baisse, elle baisse effectivement ! Mais comment… ? », et il devint songeur comme s'il voulait prouver que c'était l'eau qui avait tort. « Hier soir à huit heures elle baissait… » Signor Giulio s'amusait des calculs que faisait Cimutti : « Évidemment, tu as le calendrier de l'eau dans la tête ! » « Mais non ! », protesta Cimutti, « vous avez raison ! Vous avez rudement bien fait de vous réveiller ». Un tout petit pont qui servait de raccourci pour gagner la *calle* voisine enjambait la remise. Celle-ci était coiffée d'un toit en tôle légère qu'on avait recueillie des emballages de certaines marchandises qui arrivaient à l'entrepôt. Tournant le dos à l'eau, Cimutti s'écria : « Mais c'est avant-hier que l'eau s'est mise à baisser à huit heures... Non, pas à huit heures... Il était neuf heures. » Et il fit une telle confusion entre les heures et les jours que pour clarifier les choses il s'exclama : « Maintenant je comprends, maintenant je comprends ! », tout en descendant vers la remise. Signor Giulio l'y suivit mais emprunta le petit escalier de pierres branlantes. Cimutti avait gagné la remise d'un bond. Peu familiarisé encore avec les remises et les barques malgré ses quatre années passées dans la lagune, signor Giulio y allait doucement. Le temps qu'il arrive en bas, Cimutti avait déjà détaché la barque. Il s'installa à la poupe et se poussa au-dehors. Le point le plus sec de la remise se trouvait à la sortie et, en le traversant, la barque fit ce bruit de frottement qui, dans la lagune, est un bruit bien désagréable : il annonce au navigateur de longues heures de travail car l'imprudent a échoué sur la sèche. « Tu vois qu'il était grand temps ! », dit signor Giulio. Cimutti se mit alors à ramer à contre-courant pour approcher la barque de l'embarcadère où l'on devait la charger. « Reviens ensuite prendre la gondole aussi ! », l'avertit signor Giulio qui s'était hissé hors de la remise. Le soleil n'avait pas encore franchi l'horizon mais la clarté s'était maintenant affirmée. L'église de San Michele, toute blanche, donnait sur le marais uniquement pour signor Giulio qui la voyait de biais. Sous peu, les *vaporetti* sillonneraient l'énorme canal entre l'église et le marais. Le cimetière, masqué par un mur d'enceinte, aurait pu dissimuler, selon signor Giulio, quelque chose de plus gai. Il n'hébergeait aucun des siens qui reposaient tous, bien au sec, à Santa Anna de Trieste. Il aspira avec volupté l'air frais matinal. Ces choses-là, le marais, les canaux, le baptistère blanc de San Michele, et même ce mur rouge qui se dressait de l'eau ou de la boue, étaient ses chers compagnons depuis quatre ans. Son principal travail consistait à les contempler, à les étudier, et même à rêvasser à leur sujet. Qu'il eût été beau que l'église entière fût de la couleur du baptistère, tout de marbre blanc. L'oasis de conception humaine eût été imposante et considérable, comme l'était l'immense marécage qui, à marée basse, arrivait jusqu'au lointain pont du chemin de fer. Et il disait à sa femme qui l'écoutait en souriant : « Hé oui ! Sans nul doute les anciens Vénitiens construisirent l'église entièrement blanche. Lorsqu'il s'agissait de choses pareilles, ils ne lésinaient point ! » Il ne savait rien de l'histoire du pays qu'il aimait tant. Chez lui traînait bien quelque livre que signora Anna s'était procuré pour faire plaisir à son mari, mais lui n'avait guère le temps de lire. Ne s'était-il pas levé aussi matin pour travailler ? Il porta son regard sur Venise au-delà du marais. Là, précisément sur le marais, s'il avait été millionnaire, il aurait fait édifier une énorme Pietà en marbre de Paros qui reproduirait la magnificence du temple de marbre... qui, peut-être, avait existé autrefois à San Michele. Il avait vu la Pietà à Trieste mais on devait la refaire dans des dimensions colossales pour qu'à la distance d'un kilomètre, c'est-à-dire des *fondamenta* Nuove, on pût percevoir les deux figures de la Femme qui console l'Homme agenouillé, la tête reposant dans son giron. La marée montante devait pouvoir couvrir le piédestal et effleurer les pieds des deux figures. Bien sûr le monument devrait être tourné vers le cimetière et ainsi, même de sa plage, signor Giulio pourrait l'admirer en entier, se dressant immobile dans l'eau toujours renouvelée et vive.

Cimutti retourna pour prendre la gondole. Comme à l'accoutumée, il parlait tout haut en marchant d'un pas rapide. Il discourait de l'eau qui baissait, comme ça, hors de propos. «Et il faut que je me dépêche aussi, car d'ici une demi-heure il serait trop tard! C'est bien que vous y ayez pensé!» dit-il à son patron. Et, pour gagner ses bonnes grâces, il ajouta: «Et dire qu'on prétend que vous ne travaillez pas. Gare si vous n'étiez pas là!» Signor Giulio, qui était en train de se rouler une cigarette, eut à ces mots ce petit sursaut inévitable que l'on a lorsqu'on est piqué par une épingle. On avait dû dire de lui qu'il ne travaillait pas. Et, les yeux sur la cigarette, ses lèvres qui étaient sur le point de laisser passer la langue pour humecter la mince feuille de papier s'avancèrent en une moue de rancœur. Ses frères Nino et Ugo l'avaient envoyé dans cet endroit comme à une sinécure. En acceptant d'y venir, il se doutait bien qu'ils n'étaient pas si bons que ça, et puis lui n'était pas homme à accepter une sinécure. Dès son arrivée, il s'était mis à travailler d'arrache-pied. Il était debout du matin au soir et s'en accommodait parfaitement à condition qu'on ne dise pas de lui qu'il ne faisait rien. Dans une large mesure, il dépendait de son frère aîné, et aussi du cadet, deux êtres qui avaient absorbé pour leur part toutes les qualités d'esprit d'initiative mises à la disposition de la famille Linelli. Rien n'en était resté pour lui-même. En outre, ils avaient été la cause de sa ruine car, jusqu'à une certaine époque, il s'était borné à mener tant bien que mal la petite affaire qu'il avait héritée de son père, en tirant ce minimum de bénéfices qu'il nécessitait. Mais eux, entre-temps, avaient déniché des affaires inouïes avec l'Amérique, avec le Japon, la Chine et que sais-je encore, et lui, voulant montrer qu'il valait autant qu'eux, s'était mis à son tour dans de grandes choses qui l'avaient de suite, tout de suite, écrasé. « J'ai joué de malchance », disait-il à sa femme. « Car je n'ai jamais manqué d'activité. Comme je travaille maintenant, j'ai toujours travaillé. » Et la bonne dame se gardait bien de laisser transparaître le sourire qui lui chatouillait le visage. À présent qu'elle était auprès de lui toute la sainte journée, elle savait bien comment il avait l'habitude de travailler. Il restait planté devant les ouvriers qui arrimaient caisses et barils, les incitant à converser et rapportant leurs bons mots enjolivés par leur idiome natal. Puis il allait contempler l'église de San Michele, la lagune, le marais, et se retournait pour admirer l'église des Angeli, le grand canal de Murano et le marais, plus haut et plus désolé encore de ce côté-là. Il ne demandait rien d'autre à la vie. Le dimanche il allait faire un tour sur la barque que poussait à la rame le jeune Sandro, pourvu à l'arrière d'une bouteille de rhum en hiver, d'une orangeade fraîche en été. Ils avaient un fusil à bord ainsi que le permis de chasse mais il était défendu de tirer et la périssoire passait par les canaux les plus superficiels. À marée haute ils franchissaient le marécage et signor Giulio restait là à rêvasser d'activité, de richesses, de monuments, soucieux d'harmonie. Quelquefois il emmenait avec lui la petite Maria, mais au retour ils trouvaient à l'embarcadère, toute bouleversée par l'anxiété, signora Anna qui ne se fiait pas trop à lui pour protéger l'enfant.

D'une poussée vigoureuse, Cimutti était en attendant sorti de la remise et ramait au milieu du canal. Il faisait suffisamment clair à présent pour que l'on distingue chaque mouvement de sa silhouette mince et nerveuse accomplissant le rite patient de la nage. Tout en fumant, signor Giulio s'achemina à pas lents vers la maison. Maintenant celle de Cimutti était tout à fait animée. Lisa, sa femme, s'affairait devant son baquet à linge tandis que ses enfants, Maria, Tonin et Nilda, se tenaient dans la cuisine faiblement éclairée pour avaler de la polenta froide restée de la veille avec un peu de café chaud. Signor Giulio était tellement habitué à assister au travail des autres qu'il s'arrêta aussi devant le baquet de Lisa. « Beau temps », fit-il pour engager la conversation, tout en regardant le feu que Lisa avait allumé sous deux récipients carrés remplis d'eau. Le feu ne dégageait encore qu'une grande fumée et peu de chaleur. Lisa à quatre pattes, l'attisait. Puis elle se mit à extraire d'un panier le linge sale. Elle jeta un coup d'œil au ciel : « Pourvu qu'il dure ! » Elle pensait qu'elle aurait bien besoin d'un temps sec et ensoleillé après sa lessive. Lisa avait un petit visage encore agréable, bien que fané à force de privations. Ils se trouvaient depuis quatre ans en ce lieu où ils étaient arrivés aussi nus que Dieu les avait faits. Maintenant, au contraire, ils se nourrissaient toute la sainte journée de polenta, relevée de différentes façons selon les restes de la table des maîtres, mais ils avaient tout le nécessaire pour se couvrir et se chauffer. Cimutti – disait-on à Serenella – menait une vie plus que passable. Il se faisait, avec les heures supplémentaires, pas loin d'une trentaine de lires par semaine, mais en mangeait la moitié pour lui-même. De sorte que si Lisa ne s'était mise à travailler pour son compte, la famille aurait vraiment connu la pauvreté. Elle lavait et cousait pour ses maîtres et passait plusieurs heures chez eux à leur service. À force d'effectuer les gros travaux, son visage s'était fait toujours plus menu tandis que, chose étrange, son corps avait acquis une rotondité toujours plus prononcée. En ce moment, vêtue de ses hardes, penchée de nouveau pour attiser le feu, elle avait l'air d'un tonnelet. Le fichu qui maintenait ses cheveux et qu'elle avait noué sous le menton amenuisait encore davantage son petit visage blême. En la voyant ainsi, car elle, par respect, levait les yeux vers lui dès qu'elle en avait fini avec le feu, signor Giulio se rappela la dernière maladie de Lisa. Bien que se sentant souffrante, elle avait continué à se traîner du baquet à l'évier une semaine durant, puis, un matin, elle s'était mise à hurler de douleur et on l'avait transportée à l'hôpital. Elle y avait séjourné deux semaines et en était revenue le teint un peu plus coloré et le corps un peu moins gros. « Vous vous portez toujours bien à présent, Lisa ? », demanda signor Giulio. « Oui, monsieur, toujours ! » répondit-elle avec un doux sourire qui semblait être de satisfaction. Il voulut encore savoir si, depuis qu'elle avait quitté l'hôpital, elle se sentait mieux ou moins bien. Elle répondit qu'elle ne savait trop. Elle était indécise. Il lui semblait qu'il ne convenait pas beaucoup de dire à son maître qu'elle se sentait moins bien. Cimutti aussi, dans le temps, avait perdu un emploi à la suite d'une maladie. Elle avait pu se rendre compte que les Linelli étaient des gens faits autrement, mais tout de même, mieux valait se tenir sur ses gardes. L'hésitation ne fut pas perçue par signor Giulio. Il était toujours à la recherche du bon et du meilleur et les trouvait même là où ils faisaient défaut. Donc Lisa allait bien, à sa famille était garanti tout cet argent qu'elle savait gagner, et signora Anna pouvait compter sur une aide qui facilitait tellement leur séjour dans ce lieu désert. Il n'ajouta mot pour ne pas l'interrompre dans sa besogne. Elle retirait du panier le linge sale qu'il regardait fixement, laissant vaguer son esprit : voici les chaussettes de sa petite Olga, on eût dit celles d'une adulte alors que quatre ans plus tôt, lorsqu'ils étaient arrivés dans la région, elles étaient tellement plus petites. Voilà les chaussettes et le maillot de corps du petit Nino. Ceux-ci étaient appelés à s'allonger et ils rejoindraient, d'ici quelques années, les dimensions des effets d'Olga qui allait à l'école maintenant... à l'école mixte... dont on ne savait pas encore si c'était une bonne chose... et heureusement, il s'était levé de bonne heure pour sortir la gondole de la sèche... et dans l'ensemble Cimutti n'était pas très intelligent. Et c'est ainsi que, lorsque signor Giulio tourna les talons pour aller prendre le café chez lui, il faisait plein jour. Les premiers rayons du soleil avaient nettoyé le marais qui apparaissait à présent d'un jaune et d'un bleu purs, aussi purs que les canaux d'argent qui l'entouraient et que la ville bariolée dans laquelle, à cette distance, le seul signe de vie perceptible provenait de la fumée mobile qui s'échappait de quelques cheminées.

II

Le logement qui ne comportait qu'un étage dans ce qui, de l'extérieur, apparaissait comme une baraque, manquait d'élégance mais était très commode. De la porte d'entrée on accédait par quelques marches à un vaste vestibule qui s'ouvrait sur trois chambres à coucher, la salle de bains et la salle à manger. Un énorme poêle, qui eût suffi à chauffer tout l'appartement, brûlait déjà dans le vestibule.

Signor Giulio monta l'escalier à pas feutrés pour ne pas réveiller les enfants, mais des cris joyeux, provenant de la chambre située à droite, lui redonnèrent sa liberté de mouvement. Olga clamait qu'il y avait un bon moment qu'elle attendait son père. Giulio entra chez elle et alla ouvrir en grand la fenêtre. Olga était bien réveillée et se jeta au cou de son père avec un abandon qui, quoique innocent, faisait tout de même peut-être présager la future mère, la future épouse. Quant au petit Nino, ce flot de lumière l'avait réveillé et il s'efforçait de garder ouverts ses yeux lourds de sommeil, ses petits bras encore abandonnés sur l'oreiller. Signor Giulio regretta de l'avoir réveillé, il eût volontiers refermé les volets pour redonner au petit organisme le repos dont il avait encore besoin. Mais l'enfant ne pouvait plus retrouver la paix du sommeil. Sitôt qu'il comprit que son père s'apprêtait à fermer les persiennes, il se mit à pleurer et, la bouche grande ouverte, les yeux somnolents fermés, il exprima sa souffrance d'avoir été tiré de son sommeil ou sa colère qu'on lui imposât de dormir encore. Signor Giulio s'en fut le cajoler, le cœur débordant de sourires devant toute cette chair rose. Dans le passé Nini avait causé du souci à ses parents ; la lagune lui avait redonné des forces, et la santé que cet enfant avait recouvrée constituait, pour signor Giulio, un des mérites et non des moindres de cette eau qui allait et venait. À ses yeux, le petit était tellement un enfant de la lagune qu'il l'appelait en plaisantant *masinetta**. Finalement Nini accompagna ses larmes de quelques mots : il voulait son café. La petite Olga avait bondi dans le lit de Nini et le consolait de son mieux. Et ils s'étaient tous mis à

---

* Dialecte triestin : petit crabe de mer. (*N.d.T.*)

appeler à grands cris la femme de chambre qui se nommait «Italia». Le petit Nini l'appelait en pleurant, Olga et signor Giulio l'appelaient de leur côté, et on entendait signora Anna qui l'appelait aussi de l'autre pièce, ayant bien compris ce que signifiait tout ce chahut, car c'était une scène qui se répétait tous les jours à l'heure du café. Italia accourut avec un plateau chargé de deux tasses de café pour Nini et Olga. Voilà une autre personne qui facilitait la vie dans ce désert. Signora Anna l'avait connue à Venise où elle exerçait le métier de couturière avec quelques dons mais sans grande clientèle. À l'époque elle vivait avec une sœur qui se maria par la suite, et avec sa mère qui mourut entre-temps. Signora Anna, qui avait passé de nombreuses journées en sa compagnie dans la solitude de Serenella et qui s'était prise d'affection pour elle, lui dit un jour en plaisantant : «Savez-vous que ma femme de chambre est partie ? Pourquoi ne viendriez-vous pas prendre sa place?» Italia accepta d'emblée, à la grande surprise de signora Anna et à son non moindre embarras, car elle ne pensait pas faire une aussi bonne affaire que cela se révéla par la suite. Quant à Italia, elle aussi avait accepté par plaisanterie mais en quelques instants sa décision avait été prise. Elle qui aimait son art de la couture ne pouvait certes pas l'abandonner avec plaisir pour celui de femme de chambre, mais comment était-il possible en ce monde de continuer à vivre par orgueil dans une solitude totale ? Quelques années auparavant elle avait subi une déception d'amour désormais oubliée, mais il n'était plus question d'amour pour elle. En toute sincérité elle se voyait assez laide, et elle avait renoncé à penser à certaines choses. C'était une femme maigre, grande, au dos légèrement voûté, avec des yeux gris pleins de douceur et des cheveux qui avaient été châtains mais étaient déjà très blancs bien qu'elle fût encore jeune. Elle avait accepté la proposition de signora Anna en premier lieu par amour pour la petite Olga et le tout petit Nini, puis par amour pour la grande signora Anna, et enfin par sympathie envers ce bon rêveur de signor Giulio. Il y avait donc fort à faire dans cette maison mais, en compensation, on y trouvait beaucoup de chaleur, une concentration de vie dont Italia ressentait le besoin et à laquelle elle désirait prendre part. À présent les jours filaient à toute allure, affairée comme elle l'était toute la journée, dont une grande partie se passait en gondole pour accompagner la petite Olga à l'école et l'en ramener, puis à surveiller Nilda *l'insempia**, l'autre servante, qui ne savait ni cuisiner ni faire le ménage mais qui devait faire l'un et l'autre sinon personne ne l'aurait fait. Toutefois, elle cuisinait et nettoyait sous la surveillance directe d'Italia qui était en la matière d'une compétence particulière. Et, altérant un refrain connu, Italia chantonnait : *Io son la cameriera...*** avec une amertume apparente mais avec satisfaction au fond, et sans nul regret. Signora Anna, toujours un peu souffrante, s'en remettait volontiers à elle, lui cédant presque le rôle de maîtresse de maison. Olga était davantage liée à sa mère qui s'était occupée d'elle dans sa tendre enfance, mais Nini appartenait entièrement à Italia. Elle se l'était totalement accaparé. La jalousie lui jaillissait des yeux sitôt qu'elle le voyait dans les bras de quelqu'un d'autre.

* La nigaude, la cruche... (*N.d.T.*)
** « C'est moi la femme de chambre... » Refrain d'une chanson grivoise en vogue à l'époque de la Première Guerre mondiale. (*N.d.T.*)

Elle se retenait respectueusement de l'enlever de ceux de sa mère mais l'en eût volontiers arraché, au risque de lui faire mal par sa violence. En revanche, elle le laissait de bon gré à son père auquel elle s'associait même lorsqu'il jouait avec l'enfant. Une lutte inavouée était menée autour du bébé pour obtenir ses faveurs, et ainsi chacun le gâtait à qui mieux mieux. Du haut de ses deux ans, c'était lui le vrai maître de Serenella. Signor Giulio demanda un jour à Bortolo, le tonnelier, homme fort malicieux, le temps qu'il ferait à son avis le jour suivant. On aimait bien le taquiner car il n'avait rien du marin et n'entendait goutte au temps. Il répondit tout de go qu'il fallait poser la question à Nino car le temps à Serenella dépendait de lui. Outre ses qualités de travail et d'ordre, Italia en avait maintes autres qui la rendaient précieuse à Serenella. C'était une actrice-née, elle possédait tout du talent qui est si largement diffus dans toute la lagune. Les soirées étaient longues quand il faisait mauvais dehors et Italia s'employait à les rendre plus agréables. Son répertoire n'était pas très étendu mais il suffisait aux enfants. La preuve en est qu'ils demandaient toujours les mêmes choses. Et non seulement cela, mais lorsqu'ils se trouvaient tous trois seuls dans la salle à manger, ils demandaient à Italia de refaire à leur intention toutes les choses qu'elle savait, les scènes genre maîtresse d'école primaire, les scènes de jeunes filles au bal, ou bien les imitations de certains membres de la famille, comme l'épouse du véritable maître des lieux, c'est-à-dire le frère aîné de signor Giulio, une dame assez autoritaire et impatiente qui courait toujours à travers la vie. Lorsqu'elle venait à Serenella, on ne pouvait plus parler de Serenella. La petite Olga tenait docilement tous les seconds rôles dans les petites comédies d'Italia et on s'amusait follement. Même le petit Nini savait collaborer à l'occasion avec ses pitreries qui finissaient régulièrement par le faire culbuter sur le tapis.

Signora Anna réclamait à présent son café et son mari. Elle avait coutume de prendre son café au lit et signor Giulio allait tous les matins ouvrir les persiennes dans sa chambre pour s'installer ensuite à son chevet et boire son café auprès d'elle. La santé de signora Anna s'était altérée après la naissance de Nini et, parmi les autres multiples traitements qu'on lui avait imposés, figurait aussi la recommandation de se reposer une demi-journée dans son lit. Elle avait été une bonne maîtresse de maison naguère et à présent seul lui servait son œil vigilant pour suivre les choses de loin. Les deux frères de signor Giulio la tenaient en haute estime alors qu'ils ne ressentaient qu'un sincère mépris pour son époux, en tant qu'homme d'affaires. C'est à peine, à peine, s'ils le dissimulaient, ce mépris. Pour rien au monde ils n'auraient voulu l'avoir avec eux dans leurs bureaux, car des gens vifs et actifs s'accommodent mal d'un éternel rêveur à leurs côtés, affecté de surcroît comme celui-là d'une sorte de folie du doute qui transformait chaque affaire qui se présentait en une flopée d'affaires, car, c'est connu, chaque affaire peut donner lieu à dix doutes. Ils ne dissimulaient pas non plus à signora Anna que cette situation à Murano avait été créée par égard pour elle plutôt que pour lui. Signora Anna ne pouvait donc se faire d'illusions sur les capacités commerciales de son époux mais cela non seulement n'amoindrissait en rien l'affection qu'elle lui portait mais pas même la considération qu'elle avait à son endroit. Car, dans l'ensemble, même les rêves de signor Giulio étaient de nature à rendre la vie solitaire à Serenella plus facile et plus gaie. Et puis, le fait de savoir que dans ce lieu isolé on avait finalement trouvé l'endroit où le signor Giulio, inactif et bon, était et se sentait heureux, agrémentait grandement ce séjour. En outre, l'inertie que cette solitude favorisait tellement l'arrangeait elle aussi, avec ses jambes malades. À Trieste, tout le monde avait été stupéfait de voir les deux époux s'adapter aussi bien à leur nouvelle vie. Nul ne l'eût cru, pas même eux. La solitude est grande, disaient sans arrêt les époux Linelli et leur petite famille, mais il y a tant de bonnes gens serviables qui atténuent cette solitude... Certes, ces gens bons et serviables ne suffisaient pas à annuler la solitude.

Si signor Giulio avait été sincère, il aurait dû avouer que le seul et unique inconvénient de Serenella provenait de sa dépendance de Trieste. Sans Trieste, Serenella eût été un séjour sans défauts. Son frère Nino, celui qui était chargé de réviser les comptes qui arrivaient de Serenella, envoyait de temps à autre dans ce lieu si tranquille des lettres fulminantes. Il s'apercevait de la moindre augmentation de frais dans la gestion et expédiait de brèves notes par lesquelles il communiquait ses conclusions et en même temps ses décisions. Serenella avait connu à un moment donné une grande activité de confection de sacs destinés à exporter des marchandises que de grosses barques livraient au détail. Un beau jour, on vit arriver Nino à l'entrepôt. Il s'y promena deux bonnes heures et assista au remplissage des sacs, un peu malaisé à la vérité, du fait qu'un ouvrier devait tenir le sac ouvert pendant qu'un autre le remplissait. Signor Nino passa un bon moment à contempler le gros homme affecté à une besogne aussi légère. Il proposa de mettre à la place du débardeur une des femmes qui cousaient les sacs. Signor Giulio protesta : les femmes chargées de la confection des sacs étaient comptées, on ne pouvait les déplacer. « Tu en engageras une de plus demain », lui dit sèchement Nino. « La saison n'est pas précisément favorable pour engager des femmes à Murano », rétorqua Giulio avec un sourire de supériorité à l'adresse de qui prétendait s'ingérer sans s'y entendre dans des affaires qui étaient de son propre ressort. Sans répondre, Nino s'adressa à la femme qui tenait le sac : « J'aurais besoin d'une femme supplémentaire pour la confection des sacs. » L'ouvrière lâcha aussitôt le sien, croyant qu'on lui donnait l'ordre de se précipiter sur-le-champ à Murano pour en trouver une. « Il n'y a pas le feu tout de même ! », dit Nino en souriant tandis qu'il s'éloignait pour poursuivre sa tournée. Il passa devant le tonnelier Bortolo, un homme qui souriait toujours, faible et malin, le seul Vénitien à Serenella. Il s'informa auprès de lui du prix des douves à Venise mais apprit aussitôt qu'elles provenaient en grande partie de Trieste. Nino en prit note dans son calepin et n'en parla plus. À table, il mentionna, sur le ton de la plaisanterie, la difficulté que l'on avait à trouver à Murano des femmes désireuses de travailler. Sa belle-sœur l'écoutait en souriant jusqu'au moment où elle saisit que la plaisanterie comportait quelque réprobation à l'adresse de son mari. Elle se mit alors en devoir de prouver qu'il n'était pas si aisé que ça de trouver à Murano des femmes disposées à confectionner des sacs. Et Nino de s'irriter : « Combien de femmes voulez-vous que je fasse venir de Murano pour le *dessert* ? » Il avait raison. On était encore à une époque où la main-d'œuvre s'obtenait presque pour rien dans la région de la lagune. Mais cette visite de Nino eut des conséquences graves. L'ordre arriva de Trieste de licencier toutes les femmes qui confectionnaient les sacs, et d'engager trois autres tonneliers à leur place. Si Nini s'était trouvé à Serenella, Giulio aurait pu soulever des objections. Les tonneliers coûtaient plus cher que les femmes. La toile des sacs revenait à un prix inférieur à celui des douves et des cercles de fer, des fonds et des couvercles. Il est vrai que les barils étaient plus maniables mais on pouvait charger plus de sacs que de barils dans une *peata*. «Et qui sait», disait signor Giulio à son épouse, «combien de fois le baril, rond comme il est, ne finira pas par rouler dans le canal! À Trieste, ils n'ont pas la moindre idée de ces régions, et ils donnent des ordres qui gâchent toute notre organisation». Les femmes durent donc quitter l'entrepôt et ce fut une grande souffrance pour signor Giulio car ce travail féminin, encore qu'il fût peu rétribué, constituait quand même une grande aide pour certaines familles. Les tonneliers arrivèrent et, à leur tour, dans des barques à voile en provenance directe de Trieste, les douves arrivèrent. Signor Giulio dut immédiatement convenir que le travail s'en trouvait considérablement facilité. On ne lui communiqua pas les calculs sur la base desquels la décision avait été prise et, en conséquence, il eut éternellement la satisfaction de pouvoir soutenir que les barils, c'était bien, mais qu'ils coûtaient plus cher que les sacs. Malgré ses fréquentes visites à Serenella, Nino ne discuta jamais du problème avec son frère. Il disait à sa belle-sœur qu'il préférait ne pas parler affaires avec Giulio pour ne pas se trouver confronté à une multitude de doutes. «Et puis», ajoutait-il pour dorer la pilule, «ce sont des doutes qui viennent de mon frère, ce sont des doutes qui viennent de ma race et j'y suis trop accessible ». Les ordres venant de Trieste chamboulaient à tout instant le petit patelin. Giulio avait disposé la première année de deux *peate* avec lesquelles eux-mêmes avaient effectué leurs propres expéditions. Au bout de la première année, il avait fallu les envoyer au chantier pour les réparer et Nino, dès qu'il reçut le montant des frais, donna aussitôt l'ordre de les revendre car il avait chargé un expéditionnaire d'effectuer ce travail qu'ils faisaient avant avec les *peate*. Ce fut le moment où Giulio se dit que ses doutes étaient suffisamment fondés pour qu'il les communique à Trieste. Il les avisa donc que sur la revente des *peate*, ils perdraient telle et telle somme que le coût de chaque expédition reviendrait à tant… La réponse de Trieste fut impérative et l'on revendit les *peate* pour la moitié de leur prix d'achat. Giulio fut longtemps de l'avis que c'était lui qui avait eu raison et concluait en disant : « L'un de nous deux ne sait pas faire des comptes. » Signora Anna évitait alors de le regarder en face pour qu'il ne pût lire sur son visage qui, de son frère ou de lui, considérait-elle inapte à faire des comptes. Un jour Nino expliqua qu'on ne pouvait tenir des *peate* sur un canal exposé au soleil du matin au soir, comme l'était celui de Serenella, et lorsque Giulio en parla à des amis de Venise, il fut surpris de les trouver tous d'accord pour donner raison à Nino.

La supériorité manifeste de Nino engendrait chez Giulio un sentiment d'humiliation. Pour le consoler, signora Anna lui disait : « Vois-tu ? Ces hommes d'affaires sont faits autrement que nous. Même si tu avais compris qu'il était plus avantageux de cesser d'utiliser des sacs comme emballages, tu n'aurais pas accepté tes propres conclusions car cela signifiait mettre tant de pauvres femmes sur le pavé. » Signor

Giulio n'acceptait pas le blâme, fût-il déguisé en louange. « Si je voyais que l'intérêt de la maison exigeait la perte de tous ses préposés, je décréterais cette perte sans hésiter. » Il n'y avait pas moyen de lui dire la vérité, sous aucune forme. Et pourtant, nombreux étaient les gens dans la maison qui la connaissaient cette vérité. Italia, Bortolo, et tant d'autres, considéraient Giulio comme un bon diable mais trouvaient qu'il avait eu une drôle de chance de naître le frère de Nino et de... Dans le secret de son cœur Giulio devait bien se douter de cette vérité, car trop souvent il terminait ses calculs en faisant cette remarque : « Eh oui ! Ce sont des choses qu'ils devront décider à Trieste car ils savent ce qu'ils veulent. Moi je n'ai pas les registres ici. » C'est pourquoi la présomption de signor Giulio ne causait du tort à personne. Pas au commerce de la maison car, ne disposant pas de registres, il ne prenait aucune décision, et certes pas à la vie familiale parce que tous l'aimaient et le respectaient comme l'homme qui, par son enthousiasme envers la lagune – le grand divertissement dont Serenella n'était absolument pas privée – avait su insuffler à tous un sentiment de bonheur à l'idée de pouvoir jouir dans ce lieu de la vue immense et du bon air. Lorsqu'il découvrait une teinte particulière sur la lagune, signora Anna se hissait sur la fenêtre pour la voir à son tour et appelait Italia pour qu'elle l'admire aussi. La Vénitienne qui n'avait pas eu l'occasion, par le passé, de bien comprendre et d'aimer les beautés naturelles de son propre pays, y avait pris un tel goût que c'était elle à présent qui les signalait souvent à signor Giulio. Ainsi ce fut elle qui découvrit qu'à certaines heures à Serenella, il suffisait de se hausser de quelques centimètres pour voir le spectacle changer. Il fallait que l'eau ne soit ni basse ni haute, qu'elle s'apprête à quitter ou à envahir le marais. Alors, de la rive, il suffisait de monter d'un mètre pour découvrir les petits lacs limpides, aux contours capricieux, qui se formaient dans le marais. Puis signor Giulio s'aperçut qu'excepté aux heures de marée haute on pouvait voir le spectacle changer à toutes les heures, rien qu'en se haussant un tout petit peu. Immédiatement, en se mettant sur la pointe des pieds, on apercevait les échappées des canaux lointains qui s'évasaient, et ceci n'était pas sans importance par des journées de soleil, lorsque chaque bande de canal était équivalente par la couleur et la lumière à une bande du ciel.

Avec tout ce que signor Giulio vivait on peut dire...*

---

* Manuscrit inachevé. (*N.d.T.*)

Giacomo

Au cours de mes longues pérégrinations à travers la campagne frioulane, j'ai coutume de me joindre aux personnes que je rencontre et de provoquer leurs confidences. Je passe pour bavard, mais il semble que ma loquacité ne soit pas telle à devoir empêcher celle d'autrui, car de chacune de mes randonnées je ramène chez moi d'importantes communications qui éclairent d'une vive lumière le paysage que je traverse. Les petites maisons plantées dans le paysage se dessinent mieux à mes yeux et, dans la campagne verte et féconde, je discerne non seulement la belle indifférence qui se manifeste comme une loi, mais aussi la passion et l'effort des hommes dont la loi n'est pas aussi évidente.

Je venais de Torlano et m'acheminais vers Udine lorsque je tombai sur Giacomo, un paysan d'une trentaine d'années environ, vêtu d'une manière encore plus misérable que les paysans. Sa veste avait quelques accrocs, son tricot de corps aussi. La peau, qui transparaissait, présentait elle aussi quelque chose de pudique, comme si elle constituait un autre vêtement, brûlée par le soleil comme elle l'était. Pour marcher plus à son aise, il tenait ses chaussures à la main et ses pieds nus ne semblaient pas éviter les pierres. Il eut besoin d'une allumette pour la petite pipe qu'il fumait, et la conversation s'engagea aussitôt. Je ne sais ce qu'il apprit de moi, mais voici ce que je l'entendis dire. J'aime mieux me servir de mes propres termes pour vous le raconter, tout d'abord afin d'être plus bref, et puis pour la très simple raison que je ne saurais pas faire autrement. Son récit dura le temps du parcours jusqu'à Udine, et même au-delà; car il se termina devant un verre de vin que je lui offris. Je ne trouve pas que l'histoire m'ait coûté trop cher.

Dans son village Giacomo était surnommé le fainéant. Très tôt, déjà dans sa prime jeunesse, il était connu de tous les propriétaires pour deux qualités : celle de ne pas travailler et celle d'empêcher les autres de le faire. On peut comprendre comment on s'y prend pour ne pas travailler ; il est plus difficile de se figurer comment un homme est capable, à lui tout seul, d'empêcher quarante autres de le faire. Il est vrai que, parmi quarante individus, il est possible de trouver aussi des contradicteurs car plus de gens qu'on ne croit sont atteints de la maladie du travail, et ils se disposent à travailler, et écument de rage, n'ayant qu'une seule visée : celle de finir, de finir tout, de finir bien. Que diable ! L'humanité travaille depuis tellement d'années qu'un tant soit peu d'une telle tendance, encore qu'elle soit peu naturelle, a dû entrer dans notre sang. Mais le sang de Giacomo n'en possédait pas la moindre trace. Il connaît bien son défaut. Force lui fut de s'en apercevoir avec son pauvre corps hâve et maltraité ; il estime que le peu d'envie qu'il a de travailler constitue chez lui une maladie. Pour ma part, je me fis une autre idée de sa tendance et je pense que Giacomo doit être pareil à moi qui travaille tant mais à tout autre chose. Il existe une affinité entre lui et moi et c'est pourquoi le trajet de Torlano à Udine et au-delà me fut si plaisant.

Lorsqu'il s'agissait d'empêcher les autres de travailler, Giacomo déployait une incroyable activité de pensée. Pour commencer il se mettait à critiquer les mesures prises pour effectuer le travail. Il s'agissait de descendre du vin à la cave. Il était seul avec le patron pour le faire. Comment peut-on empêcher le patron en personne de travailler? La première cuve avait voyagé avec une certaine lenteur, passant de la charrette en stationnement dans la rue à la cave à travers un couloir de la maison. Giacomo, en nage, réfléchissait. «Tu viens ou non?», demanda le patron d'un ton menaçant. «J'étais en train de penser», dit Giacomo, «que ce vin, on le transporte d'abord par là, puis par ici; le couloir s'en va par là et l'escalier ramène du côté de la rue. Est-ce qu'on ne pourrait pas faire une ouverture dans la cave qui donnerait sur la rue de manière à descendre le vin directement à la cave?» La proposition n'était assurément pas par trop stupide et le patron se mit à en discuter. Tout d'abord la cave ne donnait pas directement sur la rue où se trouvait la charrette, et il faudrait passer par un champ latéral pour accéder à cette ouverture. Giacomo répliqua qu'en prenant des précautions, la charrette pourrait parfaitement traverser le champ. Et ils allèrent voir. La dénivellation n'était pas grande et on pouvait la combler. Le patron soutenait que ce n'était pas possible et Giacomo disait que ce l'était. Et tous deux avaient allumé leurs pipes. Ensuite, à court d'arguments, le patron déclara qu'il estimait qu'une cave qui s'ouvrirait sur une rue ne jouirait plus de la même fraîcheur. Et Giacomo de citer toutes les caves des villages alentour qui avaient bel et bien une ouverture sur la rue. Il les cita toutes, une à une, sans en omettre une seule ! Entre-temps, le soleil qui inondait la rue réchauffait le vin dans la charrette et le patron finit par se mettre en colère. Giacomo aussi. L'instant d'après, il était déjà à l'auberge, avec dans sa poche la paye d'un quart de journée de travail tandis que le patron appelait à la rescousse toutes les femmes de la maison et les gens qui passaient par là pour sauver son vin.

À l'auberge Giacomo ne s'accordait pas de répit, loin de là ! Il continuait d'épiloguer sur la nécessité de doter chaque cave d'une communication directe avec la rue. Sa propagande fut telle qu'à présent il n'y a plus une seule cave dans le petit village qui n'ait un tel accès. Maintenant qu'il a obtenu ce peu, il se voue activement à une autre cause. Il suggère que l'on place devant chaque accès une grue pour descendre ou monter toute sorte de marchandise qui pèse trop lourd. Il cherchait à m'en persuader aussi mais Dieu merci je ne possède pas de cave.

Un jour Giacomo fit une affaire d'or. Une quarantaine d'hommes, dont lui-même, avaient été engagés par contrat pour faucher un vaste champ. Ce travail devait durer une quinzaine de jours. On avait choisi des chefs mais leurs pouvoirs n'étaient pas bien définis. Giacomo ne manquait pas de ponctualité et, à quatre heures du matin, il était sur les lieux. Il commença par protester contre le choix de la portion de terrain qu'ils devaient entamer. Le matin il fallait tourner le dos au soleil. Il n'avait pas tort mais les quarante hommes durent ainsi marcher un bon quart d'heure pour rejoindre le côté opposé qui était le plus éloigné du village. Puis il se mit à refuser la faux qu'on lui avait attribuée. Il préférait en général les faux à un seul manche et prêchait pour que les autres lui accordent la même préférence. Ensuite, vite, trop vite, il éprouva le besoin d'aiguiser la faux. Il proposa divers systèmes totalement nouveaux dans ces champs. À son avis, deux hommes devaient être préposés toute la journée à l'aiguisage des faux. À chacune de ses pauses, il s'irritait de voir ses voisins de droite et de gauche poursuivre leur travail. Il en découlait des irrégularités qui nuisaient à la bonne marche du travail. C'était un travail qu'il fallait manifestement faire ensemble ou pas du tout. Sinon le pauvre diable qui restait en arrière risquait de faucher sans le vouloir les jambes de son camarade trop zélé. Les chefs regardaient avec effarement le visage de Giacomo, un visage émacié, jamais rasé, rougi par le soleil et par une indignation sincère. C'était un homme de bonne foi celui-là, et il n'y avait pas moyen de se mettre en colère contre lui. Ils lui offrirent sa paye en entier, au comptant, s'il acceptait de ne pas se montrer le jour suivant. Car, lui présent, aucun doute que les foins ne prendraient jamais fin. Lorsqu'ils arriveraient au bout, toute la luzerne fauchée dans l'autre partie aurait déjà repoussé et les faucheurs mourraient de faim, condamnés comme ils l'étaient à la paye contractuelle de quinze jours. Giacomo hésita. Il avait souvent touché des salaires sans travailler mais on ne l'avait encore jamais payé pour ne pas travailler. « Et si je venais deux heures tous les jours pour vous donner quelque bon conseil ? » Ainsi il reçut, outre la paye, la menace d'être lapidé si on l'apercevait dans les parages au cours des quinze jours suivants. Il s'en accommoda mais sa réputation était détruite et personne ne voulut plus de lui. Le contrat dont il avait été exclu avait mal fini. La fenaison avait nécessité trente bonnes journées. Les chefs disaient qu'il avait suffi d'un seul jour de vie commune avec Giacomo pour créer parmi ces quarante faucheurs une dizaine de Giacomo, chicaneurs comme lui, et à la fin on aurait dit qu'on avait affaire à une assemblée législative, à tel point foisonnaient les propositions pour réglementer la fenaison d'un champ.

Giacomo devint un nomade. Il ne pouvait trouver du travail qu'à cette condition. Ses poches étaient bourrées de certificats que tous les gens lui donnaient pourvu qu'ils puissent se débarrasser de lui au plus tôt. Ainsi il traversa tout le Frioul, la Carnia et la Vénétie, rêvant toujours de trouver un travail bien organisé. Il s'était toutefois tellement spécialisé dans la critique de l'organisation du travail qu'il ne pouvait la taire, même lorsque cela ne le regardait en rien. Ainsi il ne passait pas de chariot de ferme sans qu'il critiquât la façon dont il avait été chargé. On l'envoyait à tous les diables et il poursuivait son chemin sans y prêter trop d'attention. Cependant s'il pensait avoir raison, il était alors capable de se faire couper en deux, mais ses raisons il devait les dire. Une fois il lui avait fallu passer près d'un tombereau chargé tellement en hauteur qu'il risqua de se faire écrabouiller par lui. Giacomo éleva la voix et son sonore dialecte celte prit des allures épiques. Il était même capable d'en appeler aux carabiniers, le danger encouru suffisait à lui servir de prétexte. La raison intime qui l'animait était son aversion pour le travail mal organisé. Il me disait : « Si c'est pas malheureux ! Je n'ai jamais fait de mal à personne et tout le monde me hait parce que je veux mettre de l'ordre et que je ne puis souffrir un travail mal emmanché ! » Ce n'était pas la première fois qu'il venait à Udine ; c'était la seconde. La première fois qu'il s'y rendit, ce fut pour y trouver un peu de repos : Udine était une ville assez populeuse et il pensait pouvoir prendre quelque répit avant que tous les gens ne le prennent en grippe.

    Ce fut la proposition venue de son village natal d'une place extraordinaire qui lui fit quitter Udine la première fois. « Il s'agissait d'un travail », m'avouat-il avec candeur, « où il n'y avait rien à faire. Or j'aime travailler, mais je me dis que si je trouvais un travail où il n'était pas nécessaire de travailler, ce devait sans nul doute être un travail bien organisé, c'est pourquoi je l'acceptai avec enthousiasme ». Il quitta Udine et, en dix heures d'un bon pas, arriva à son village natal. Il aimait marcher. « D'aucuns penseront », disait-il, « que de se mouvoir sur des roues constitue un progrès sur le fait de se mouvoir sur ses jambes. Moi non ! Je crois que c'est une façon de se reposer que celle de remuer ». Il mit trois jours pour faire ces dix heures de marche. Il se souvint qu'à Chiavris une grosse pierre, lancée par quelqu'un qui se cachait derrière un mur, avait atterri devant son nez. Eût-elle heurté sa tête, sa tête, bien que dure, aurait volé en éclats. « Et pourtant je n'ai jamais travaillé à Chiavris. Il y a tant de méchantes gens en ce monde. Peut-être ne me connaissaient-ils pas. Pourtant je me doute de quelque chose. Une fois j'ai travaillé avec un ouvrier qui probablement demeurait à Chiavris. Mais je ne pense pas que c'était lui... car je ne fis qu'œuvrer pour son bien. Il était employé à plein temps chez un droguiste qui m'engagea comme travailleur temporaire car il fallait pendant quelques jours faire fonctionner deux petits moulins au lieu d'un seul pour broyer la peinture. Mon Dieu ! Quel travail répugnant ! Employer une âme humaine à faire tourner et tourner une roue pour produire un fil de peinture mal mélangée ! N'était-il pas plus facile de se servir d'un petit moteur maintenant que l'énergie électrique ne coûtait presque rien ? Je passai un jour et demi attelé à ce moulin, et j'eus un tel mépris pour mon travail qu'il n'avançait pas. Extasié, mon compagnon buvait mes paroles. Lui aussi commençait à comprendre qu'un petit moteur aurait tourné, tourné, sans qu'il fût besoin de tant y penser. On me renvoya lorsque je fis appeler le patron pour lui exposer mon idée. Il me trouva devant la roue déglinguée, en train de fumer. Mon bras était endolori et j'attendais le patron et le moteur. Qui aurait pu deviner que le patron était si affairé qu'il mettrait deux heures pour répondre à mon appel ? Il me mit à la porte séance tenante, en hurlant de surcroît, car en ce monde ils ont tous la manie de décrier les pauvres gens. Il disait que la valeur de la marchandise ne couvrait pas ma paye. Je rétorquai qu'elle ne devait pas valoir grand-chose dans ce cas. Maintenant ils se sont pourvus du petit moteur dans cette droguerie, mais moi je ne tirai aucun avantage de ma bonne idée, et mon compagnon non plus, car il fut congédié quelques jours après moi. Ainsi, même le pauvre Giacomo faillit être victime d'un attentat. « Comme un roi », dit-il avec un brin de satisfaction. « Pourtant le roi, dis-je à mon tour, ne refuse pas d'assumer la surintendance de travaux qui sont mal organisés. »

En somme Giacomo retourna à son village natal, heureux qu'on l'y ait rappelé car, avec tout le temps dont il disposait pour y penser, il était parfois pris de nostalgie. La situation qu'on lui offrait n'était pas des plus reluisantes. Il ne toucherait aucun salaire mais aurait un lit et suffisamment à manger. Ce *suffisamment* signifiait rien que de la polenta, ou presque. Mais l'amour du pays et la curiosité de connaître un travail pour lequel il n'était pas nécessaire de travailler incitèrent le pauvre Giacomo à faire cette longue marche.

À une portée de fusil de son lieu natal, sur une colline, la plus haute après Udine en direction de la Carnia, se dressait la demeure de signor Vais, une petite villa élégante où habitaient le vieux monsieur son épouse et quelques domestiques. Leur fils faisait ses études à Padoue. Juste derrière, cachées à la vue des passants sur la grand-route, se trouvaient les vastes écuries, et plus loin encore, au milieu des champs, il y avait une grande ferme, mais c'était là une bâtisse vétuste et délabrée.

Table des matières

Préface	7
Le destin des souvenirs	13
La mort	25
Orazio Cima	47
Le mauvais œil	59
Argo et son maître	81
La très bonne mère	113
Rencontre de vieux amis	135
Traîtreusement	143
Marianno	157
Cimutti	183
À Serenella	197
Giacomo	219

Rivages poche / Bibliothèque étrangère

Harold Acton
 Pivoines et poneys (n° 73)

Sholem Aleikhem
 Menahem-Mendl le rêveur (n° 84)

Jessica Anderson
 Tirra Lirra (n° 194)

Reinaldo Arenas
 Le Portier (n° 26)

James Baldwin
 La Chambre de Giovanni (n° 256)

Quentin Bell
 Le Dossier Brandon (n° 102)

Stefano Benni
 Baol (n° 179)

Ambrose Bierce
 Le Dictionnaire du Diable (n° 11)
 Contes noirs (n° 59)
 En plein cœur de la vie (n° 79)
 En plein cœur de la vie, vol. II (n° 100)
 De telles choses sont-elles possibles ? (n° 130)
 Fables fantastiques (n° 170)
 Le Moine et la fille du bourreau (n° 206)

Elizabeth Bowen
 Dernier Automne (n° 265)

Paul Bowles
 Le Scorpion (n° 3)
 L'Écho (n° 23)
 Un thé sur la montagne (n° 30)

Emily Brontë
 Les Hauts de Hurle-Vent (n° 95)

Robert Olen Butler
 Un doux parfum d'exil (n° 197)
 Étrange Murmure (n° 270)

Calamity Jane
 Lettres à sa fille (n° 232)

Peter Cameron
Week-end (n° 245)

Ethan Canin
L'Empereur de l'air (n° 109)
Blue River (n° 157)

Truman Capote
Un été indien (n° 9)

Willa Cather
Mon ennemi mortel (n° 74)
Une dame perdue (n° 101)
Destins obscurs (n° 117)
La Mort et l'Archevêque (n° 144)
Mon Ántonia (n° 159)
La Maison du professeur (n° 217)

Fausta Cialente
Les Quatre Filles Wieselberger (n° 10)

Barbara Comyns
Les Infortunes d'Alice (n° 94)

Joseph Conrad
Le Duel (n° 106)

Lettice Cooper
Une journée avec Rhoda (n° 137)
Fenny (n° 264)

Giuseppe Culicchia
Patatras (n° 227)

Silvio D'Arzo
Maison des autres (n° 78)

Robertson Davies
L'Objet du scandale (n° 234)
Le Manticore (n° 260)
Le Monde des merveilles (n° 280)

Angela Davis-Gardner
Un refuge en ce monde (n° 118)
Felice (n° 203)

Andrea De Carlo
Oiseaux de cage et de volière (n° 178)

Walter de la Mare
L'Amandier (n° 108)
Du fond de l'abîme (n° 141)
À première vue (n° 219)

Daniele Del Giudice
   Le Stade de Wimbledon (n° 209)

Erri De Luca
   Une fois, un jour (n° 119)
   Acide, arc-en-ciel (n° 201)
   En haut à gauche (n° 251)

Alfred Döblin
   L'Assassinat d'une renoncule (n° 25)

Heimito von Doderer
   Un meurtre que tout le monde commet (n° 14)

Michael Dorris
   Un radeau jaune sur l'eau bleue (n° 121)

John Meade Falkner
   Le Stradivarius perdu (n° 153)

Eva Figes
   Lumière (n° 5)

Richard Ford
   Rock Springs (n° 220)

Mavis Gallant
   Les Quatre Saisons (n° 82)
   Voyageurs en souffrance (n° 175)
   L'Été d'un célibataire (n° 205)
   Chroniques de Mai 68 (n° 246)

Jane Gardam
   La Dame aux cymbales (n° 276)

William Gass
   Au cœur du cœur de ce pays (n° 146)

Kaye Gibbons
   Ellen Foster (n° 4)
   Une femme vertueuse (n° 31)

Barry Gifford
   Les Vies parallèles de Jack Kerouac (n° 81)
   Paysage avec voyageur (n° 133)

Lars Gustafsson
   Musique funèbre (n° 135)

MacDonald Harris
   La Valise de Hemingway (n° 149)

Christopher Isherwood
  Le Condor (n° 28)

Henry James
  Mémoires d'un jeune garçon (n° 27)
  Owen Wingrave (n° 36)
  Le Dernier des Valerii (n° 62)
  Un épisode international (n° 97)

Diane Johnson
  Nuits persanes (n° 185)

Elizabeth Jolley
  L'Héritage de Miss Peabody (n° 87)
  Tombé du ciel (n° 131)
  Foxybaby (n° 161)

Barbara Kingsolver
  L'Arbre aux haricots (n° 224)
  Les Cochons au paradis (n° 242)

Rudyard Kipling
  Le Miracle de saint Jubanus (n° 85)

Fatos Kongoli
  Le Paumé (n° 271)

Mirko Kovač
  La Vie de Malvina Trifković (n° 111)

Gavin Lambert
  Le Crime de Hannah Kingdom (n° 104)

Ella Leffland
  Rose Munck (n° 134)

David Lodge
  Jeu de société (n° 44)
  Changement de décor (n° 54)
  Un tout petit monde (n° 69)
  La Chute du British Museum (n° 93)
  Nouvelles du Paradis (n° 124)
  Jeux de maux (n° 154)
  Hors de l'abri (n° 189)
  L'homme qui ne voulait plus se lever (n° 212)
  Thérapie (n° 240)

Rosetta Loy
  Les Routes de poussière (n° 164)
  Un chocolat chez Hanselmann (n° 255)

Alison Lurie
    Les Amours d'Emily Turner (n° 7)
    La Ville de nulle part (n° 21)
    La Vérité sur Lorin Jones (n° 32)
    Des gens comme les autres (n° 38)
    Conflits de famille (n° 46)
    Des amis imaginaires (n° 71)
    Comme des enfants (n° 107)
    Femmes et Fantômes (n° 182)
    Liaisons étrangères (n° 207)
    Ne le dites pas aux grands (n° 279)

Norman Maclean
    Montana, 1919 (n° 140)
    La Rivière du sixième jour (n° 213)
    La Part du feu (n° 243)

Norman Mailer
    Les vrais durs ne dansent pas (n° 177)

Javier Marías
    L'Homme sentimental (n° 24)
    Le Roman d'Oxford (n° 114)
    Un cœur si blanc (n° 186)
    Ce que dit le majordome (n° 237)
    Demain dans la bataille pense à moi (n° 253)

Olga Masters
    Le Cœur labyrinthe (n° 115)

Jay McInerney
    Toute ma vie (n° 229)

Steven Millhauser
    La Galerie des jeux (n° 37)

Lorrie Moore
    Des histoires pour rien (n° 8)
    Vies cruelles (n° 61)
    Anagrammes (n° 91)
    Que vont devenir les grenouilles ? (n° 236)

Frank Moorhouse
    Quarante/Dix-sept (n° 112)

Guido Morselli
    Dissipatio (n° 173)

Alice Munro
Les Lunes de Jupiter (n° 147)
Amie de ma jeunesse (n° 198)

Vladimir Nabokov
L'Enchanteur (n° 215)

Roger Nimier
Les Indes Galandes (n° 64)

Whitney Otto
Le Jour du patchwork (n° 184)

Cynthia Ozick
Le Rabbi païen (n° 29)

Grace Paley
Les Petits Riens de la vie (n° 1)
Plus tard le même jour (n° 13)
Énorme changement de dernière minute (n° 163)

Victor Paskov
Ballade pour Georg Henig (n° 33)

Pier Paolo Pasolini
Descriptions de descriptions (n° 168)

Walker Percy
Le Cinéphile (n° 18)
L'Amour parmi les ruines (n° 88)
Les Signes de l'apocalypse (n° 172)

Annie Proulx
Nœuds et dénouement (n° 267)

Barbara Pym
Adam et Cassandra (n° 15)
Secret, très secret (n° 35)
Lorsqu'un matin d'orage (n° 47)

Elisabetta Rasy
La Première extase (n° 228)

Umberto Saba
Couleur du temps (n° 6)
Comme un vieillard qui rêve (n° 17)

Lisa Saint-Aubin de Terán
Les Jours de l'Orénoque (n° 90)

John Saul
Baraka (n° 142)

De si bons Américains (n° 183)
Mort d'un général (n° 216)

Karel Schoeman
En étrange pays (n° 249)

Budd Schulberg
Un homme dans la foule (n° 76)
Le Désenchanté (n° 77)
Le Visage de Hollywood (n° 156)

Carl Seelig
Promenades avec Robert Walser (n° 65)

Carol Shields
Swann (n° 126)
La République de l'amour (n° 160)

Jane Smiley
Portraits d'après nature (n° 148)
L'Exploitation (n° 199)
Un appartement à New York (n° 218)
Moo (n° 277)

Natsumé Sôseki
Oreiller d'herbes (n° 2)
Clair-obscur (n° 22)
Le Voyageur (n° 122)

Elizabeth Spencer
Nouvelles du Sud (n° 188)

Tilman Spengler
Le Cerveau de Lénine (n° 151)

Robert Louis Stevenson
Fables (n° 20)
La Magicienne (n° 34)
Olalla (n° 56)

Italo Svevo
Le Destin des souvenirs (n° 12)

Paco Ignacio Taibo II
Le Rendez-vous des héros (n° 204)

Elizabeth Taylor
Angel (n° 41)
Mrs. Palfrey, Hôtel Claremont (n° 67)
Cher Edmund (n° 98)
Noces de faïence (n° 125)

Une saison d'été (n° 155)
La Bonté même (n° 190)
Le Papier tue-mouches (n° 250)
Une partie de cache-cache (n° 273)

Gore Vidal
Un garçon près de la rivière (n° 269)

Alberto Vigevani
Le Tablier rouge (n° 136)
Un été au bord du lac (n° 195)

Evelyn Waugh
Trois Nouvelles (n° 138)

Fay Weldon
Copies conformes (n° 128)

Paul West
Le Médecin de Lord Byron (n° 50)

Rebecca West
Femmes d'affaires (n° 167)

Joy Williams
Dérapages (n° 120)

Tim Winton
Cet œil, le ciel (n° 225)
La Femme égarée (n° 262)

Banana Yoshimoto
N·P (n° 274)

Evguéni Zamiatine
Seul (n° 16)
Le Pêcheur d'hommes (n° 19)

Achevé d'imprimer sur rotative
par l'Imprimerie Darantiere à Dijon-Quetigny
en juillet 1999

Dépôt légal : 3ᵉ trimestre 1999
N° d'impression : 99-0723